域外古城

冯骥才 著

浙江文艺出版社

目 录

1　牛津的老房子

5　巴斯人手里的巴斯

9　在莎翁故居看到了什么?

16　寻根

21　城市的历史美

28　翁弗勒尔

35　拉丁区,我们那条小街

62　精神的殿堂

71　活着的空间

79　睡着的小城

82　意大利断想

94　重光西斯廷

99　朝圣,去乌尔比诺

107　托斯卡纳的风光

114　泡在水里的威尼斯

123　如梦的瓦豪

130	收藏家园
138	一先令的古堡
143	辉煌的书巢
149	维也纳生活圆舞曲
168	百水的怪楼
175	保卫克里姆特画室
183	月光里的舒伯特小楼
193	离我太远了,皮兰
202	今天的布拉格
210	古希腊的石头
222	在芬兰的感想
230	最美的小镇
232	苏兹达利的木屋
238	俄罗斯也有古村落问题
242	苏哈洛夫
247	细雨品京都
254	奈良的味道

牛津的老房子

这次在牛津我最关注的是它墙上的石头。

牛津到处是古屋,动辄几百年。但它很幸运,这几百年里,没遇到一位"政绩狂"的市长,把破旧立新当作出政绩的"良方",故而牛津人今天走进走出的地方,也是艾略特、雪莱、霍金、王尔德、六位英国国王、十几位其他国国王、四十六位诺贝尔奖得主过去走来走去的地方。历史的辉煌依然被记忆在这些空间里。

中国的留学生指给我一个墙角说,钱钟书和杨绛曾经常常坐在那里说话;但此时那里空空的,纠缠在墙上的老藤才绽出亮晶晶的新芽,一群鸟儿带着影子飞来飞去。

这便是历史空间的意味与意义。

◇牛津大学图书馆

但牛津毕竟老了，尽管牛津的老屋是石头造的。这种淡黄色蜂蜜石极易风化，岁月太久，石头表面像干了的饼干那样粉化和"起甲"，然后一层层剥落下来，凹成了洞。因此，牛津到处在搭架修缮。

我注意到这种修缮方式很特别，是将蜂蜜石研成粉末加进黏合剂抹在风化的石墙上，再在外边贴一层特制的塑料膜，干

◇牛津的墙

后揭掉，石头的病害便被消除了。这是此地修葺古建筑特有的方式。我想起了大同的云冈石窟和重庆的大足石刻，这两处的石头都是砂岩，风化得厉害，束手无策。大同石窟露天处，有的地方用手一抓就会抓一把砂粉下来，何不来学一学？可是我对谁说呢？管事的人听听而已，管不了事的人听也没用。北京确定了二十五片民居保护区之后，一直扔在那里，没人再问。去年"两会"听说康有为故居要拆，跑去看，那个大院早成了烂糟糟的大杂院，门外挂着"重点文物保护单位"的牌子，里边乱搭乱建，垃圾成堆，似乎有意放在那里等待烂掉，然后连房子一块清除。其实更大的悲哀是，我们不再要自己的历史了，我们只要口头上的"五千年"。

2013.4

巴斯人手里的巴斯

未到西欧时便接到欣然转来的巴斯大学学术演讲的邀请,这对我可是个诱惑。诱惑不是演讲,而是一个使我心存不解的问题:英国上好的古城不少,巴斯因何成为英国唯一的整座城市成为世界文化遗产的城市?难道它比爱丁堡还好?我要看明白。

昨天在巴斯大学演讲后,我此行一连串演讲的活动已画上句号;昨晚又把紧赶慢赶完成的中国年画"申遗"的电视片初步定稿,外加的活计也算了结。今天松下心来,可以在巴斯城中好好找一找我带来的问题的答案了。

应该说任何留下珍贵历史遗存的城市都是幸运的。历史是无情的,大都会用不断的嬗变、新旧更迭以及战争将它的历史创造一批又一批地带走。巴斯原意是洗浴,巴斯以保存罗马人的洗浴遗址而著称。可是除掉罗马人的遗址,巴斯现在的城市风光并不算太古老,但它完整地保存着二百年前乔治亚时代的原貌,从城市规划到街区、从公共建筑到民居、从教堂到桥梁,直到街上的细节,一扭头就能看见一件古物。不管是十八世纪约翰·伍德设计的城市肌理,还是气势宏大的新月广场、别致

◇新月广场

的桥上小街一律没动,没有后世的任何改动与添加,是不是巴斯人太喜欢自己的过去了?就这样,古巴斯一直活了二百岁,愈来愈有魅力。现今欧洲尤其中西欧的城市古建筑大多来自乔治亚时期,它们融合着巴洛克、洛可可和新古典主义的颇具魅力的风格。这种更古老、纯粹又完整的乔治亚风情的城市便是世上的奇珍了,何况还有足够分量的罗马人的遗址。

被列入世界遗产的巴斯,没有把它无形的旅游与商业升值太当回事。他们知道原物与原真才是它们不变的价值,想用"开发"的办法升值的结果一定是贬值。

比如他们对待罗马人遗留的古浴场的办法,是把它融入一座温泉博物馆中。

这座博物馆的构思十分巧妙——把遗址博物馆化。一方面严格保存原貌与原物,包括考古现场、神殿遗存、桑拿与温泉遗迹、众多古罗马的建筑构件与艺术雕刻等;另一方面用遗址展示、文物陈列与适当的情景再现,将两千年前的罗马人的洗浴文化与历史创造逼真地呈现出来。特别是他们幸运地找到一条冒着热气的温泉,将其引入古老的水道,流进了两千多年前的露天浴池里,周围的石头回廊、窗洞、石椅一律带着历史的

◇罗马人的浴池

斑驳、残缺与苔痕。于是,人们知道是酷爱洗浴的罗马人最早发现的这里,一位王子还在这里神奇地治愈了麻风病——相关的一些美丽的传说都成了这座城市的根。

从这我联想到了西安的正在被浅度旅游日益世俗化的华清池,感到了悲哀。

其实悲哀远不止于此。我还想到苏州古城,它也是被我们"自杀"掉的。我们仅有的几座进入世界遗产的古城古镇丽江、平遥、宏村和西递都只作为消费的对象而在旅游市场中瓦解着。只有间断的呼救,并没人设法制止。文物保护法也无能为力。何况大地上还有仅存无多的古村落正在消亡着。

我忽然想起一位联合国教科文的驻京人士对我说过的话:你们不拿自己的文化当回事,别人谁也没有办法。

2013.4

在莎翁故居看到了什么？

来到莎翁故居之前，我颇有点疑惑，我能看到什么？莎翁已故五百年，还会留下多少遗存？然而走进斯特拉斯福小镇却令我十分惊讶，在一片依旧是中世纪栅栏格式的街区里，莎翁出生的老屋、1564年出生的登记册、去世时举行葬礼的小小的圣三一教堂、演出过莎翁剧作的剧院、克洛泊顿石桥、他父亲供职的镇政府的小楼，以及他家那些做铁匠、酒商、肉店、零售商的邻居与亲友的老宅，还都原样地保存在原地。这是谁的决定？怎么从来没人想去拆掉开发建楼呢？

我尤其喜欢古老的都铎式小楼。粗木结构的构架中间填上砖块与灰泥，这种建筑产生于十五世纪末的都铎王朝。现在国内狂拆民居者的一个理由是西方的建筑是石头的，坚固易存；

◇莎士比亚出生的小镇斯特拉斯福

中国的是砖木结构,很难保留;但同样是木架加灰泥与砖块的都铎式民居都已五百岁以上,现在还在使用。其中镇上保存最好的都铎老屋,便是静静地立在亨雷街上的莎翁的"大房子"了。它如今已作为莎士比亚故居博物馆使用。在屋内可以看到莎翁父亲制作皮制品的小作坊,主厅、客厅、睡房和厨房。这里冬天很冷,人们既善于生火取暖又善于防火;童年的莎士比亚一度睡在父母床下特制的抽屉里。

莎翁故居的"展出"方式很独特。两三个穿着当时服装的男人与女人"生活"在房间里,做些活计聊聊天,有时参观者多了,他们会即兴表演莎翁剧本的一个小片段或一段经典的台词,他们以这种方式把人们带进当时的生活氛围和莎翁的艺术里。

莎士比亚在这里度过童年、少年和一部分青年时代,结婚

◇莎士比亚故居的卧室

生子，走进生活。他十一岁时在这里亲身经历过一次国王豪华的出巡，从而诱使他对宫廷生活迷恋、神往和充满遐想，并直接影响到他日后戏剧创作的题材与生活。

这里的人至今还说五百年前他离开故乡，是由于他跑到镇外狩猎时误入了私人的领地，惹怒领地的主人挨了揍；他用一首讽刺诗报复，没想到这首诗广为传颂，招来更大的愤恨，为此躲到伦敦。然而，此时的英国和中国一样已是戏剧的天下，致使潜在莎士比亚身上的戏剧才华得到惊人的释放，短短的十几年他写了三十九部戏剧杰作和大量的十四行诗。那时人的生命很短暂，人生的阶段与今天完全不同。1612年四十八岁的莎士比亚就翻过了他的创作高峰。他返回到故乡颐养天年，四年后去世，当时不过五十二岁。

现今故居中他晚年的遗存并不多。毕竟事隔五个世纪，岁月太久，保存如是已不可思议。我们到哪儿还能找到关汉卿？而人家连狄更斯等人在莎翁故居窗玻璃上的签名还完好地保存着。

说到狄更斯，他应是莎翁故居保护的功臣。十九世纪四十年代这座房子一度无主，面临拍卖，狄更斯组织了许多活动筹

◇故居玻璃窗上的签名，上边有狄更斯的名字

◇莎翁雕像

集资金,才把它购买下来,并作为国宝修复。随之便是各界有识之士与本地热心人组成的基金会,发起了范围更广的保护工作,包括镇内外相关遗存,连同莎翁母亲与妻子安乡村的故居。保护修复的态度之认真使人钦佩,连故居院子里栽种的花草都来自莎翁的作品。

　　莎翁家乡的人如此珍视他,绝非因为他给家乡带来了"知名度"和经济效益,而是真正知道他的价值。

莎翁故居之所以至今仍成为世界旅英游人的必往之地，是由于他的戏剧已成为人类共享的精神财富；他那些剧作——《奥赛罗》《罗密欧与朱丽叶》《哈姆雷特》《威尼斯商人》《李尔王》《仲夏夜之梦》《第十二夜》等至今还"活"在戏剧舞台上。文学史看似是以作家的名字连贯成的，实际上是永不褪色的经典串起来的。唯有经典才能穿越时空，所有文学和艺术都逃不过历史的检验。

我还想再提一下狄更斯。一个作家能够如此下力气去保护另一位前辈作家的故居，不正是表现着他对文学真正的热爱与虔诚吗？

2013.4

寻　根

一个人在外闯荡，站住脚跟，创出一番事业，日久天长，心中却慢慢滋生出牵肠挂肚的思乡之情。不时会想起调皮捣蛋的儿时，为了捉知了掏鸟窝而爬上爬下的村头老树，想到动情处，就不免滚下几颗重重的泪珠子。一旦想得难过时，便要千里迢迢跑回老家，不论风物依旧或是面貌皆非，都会长吁短叹，感慨不已。中国有句话叫"叶落归根"，拿句时髦的话说叫寻根。

一个人有寻根心理，一个民族也有寻根心理。

我刚到波士顿，听说美术馆正展览法国印象派画家雷诺阿的作品，马上跑去看，只见展厅排队如长龙，心里纳闷美国人怎么对法国人的画如此着迷，站了一阵子，才知道排错了。原来这些美国人都争着看另一个展览——"英国古典室内家具展览"。

美国人迷英国古董，我倒能理解。美国最早的移民很多是英国人。十八世纪前，英国在北美大西洋沿岸建立了殖民地，虽然美国人的"美国意识"很强，如果往根上找，最终还会找出英国这条老根儿来。英国古老的习俗、皇室风格、旧时风物，都对他们有着神秘的、深藏的、内在的魅力，这是种血缘关系。血缘也是一种根儿。在中国就讲捯家谱。有的一直捯到唐代汉代，似乎愈远愈好，愈远根愈长，根愈深，心愈牢。

美国人对逝去世界的追寻的那股子玩命劲儿令我惊讶。他们珍惜过去生活遗落的一切，甚至重造起往日的生活来！

我早听说过马萨诸塞州有个名叫"欧尔德·斯特布里"的古老的村子。它和欧洲那些保护完好的古迹不同，全是由从新英格兰各地收集的一百多年的农村遗物搬迁而来的，从细小日常生活用品到整座建筑，乃至久已废弃的牛栏和草屋。自1830年起，新英格兰的六个州——缅因州、康涅狄格州、佛蒙特州、新罕布什尔州、罗得岛州和马萨诸塞州逐步形成一千多个独具风格的村镇，并出现了一些名为"村庄公地"的中心村。它作为农村商业和文化的交流中心，布满教堂、房舍、会堂、校舍、作坊、酒吧、商店和小印刷厂……这座人造的欧尔德·斯特布里村是由这六个州搬来的四十多座各样古老建筑，按照当时的生活图案布置起来的，活生生展现了1830年左右优美古朴的昔日风情的画面。

我特意赶到这个村子，好像进入了一种历史的幻象中。铁铺的炉火熊熊，铁匠用当时的工具叮叮当当打马蹄铁；磨坊的大水车缓缓转动，晶莹闪亮地带动起小河清澈的水，真的在磨面。在那名叫"阿萨骑士"的连墙地带都是木板造的小商店里，可以买到村中的"农妇们"用棉花纺的土线。我坐在一座由新罕布什尔州迁移过来的小教室里，津津有味地听一位身穿黑袍的乡村教师讲解地理。他的地理观念也是上世纪的。牛羊在大片大片碧绿平缓的山坡上吃草，堆满粮包的大车停在又潮又黑又大的库房里；那些石头垒成的储藏室里的空酒桶在发霉长苔，屋角结着桌面大的闪闪发光的蜘蛛网。道路上遗落的马粪被太阳暖烘烘晒着，发出特有的芳香，混在成片杉树林散发出的清新的气息中；在这气息中，还有教堂清越的钟声，飞鸟无声的身影和被迷住了的、缅怀往事的游客们……

◇冯先生自绘插图

留心察看,这里找不到一件现代用品,只有我自己属于现代。这座人造的古老村镇的设计者就像一位老练的历史小说家,不叫任何一个细节失真。这里没有电线和电灯,管理人员都穿当时的服装,装扮成车夫、工匠、农妇、教师、牧师、店员、阔佬与镇民,他们做得比演员还认真,生怕破坏这里无比神圣的历史氛围。他们和我们国内一些旅游点身穿古装的工作人员不同——服装像道具,大襟上别圆珠笔,谈着怎么走后门买松下电冰箱。这里,尽管旅游者来参观,但他们有比赚钱更高的目的,就是供人欣赏迷人的过去。

如果我们置身纽约那样高度现代化的城市，身边匆匆闪过穿戴新潮服饰、步履如飞的人影，拔地而起的百丈高楼压得人难以喘息，电脑的屏幕熬得人眼睛发红，就会明白美国人为什么需要这种复古的村落，也会明白我们为何这么珍惜古迹。新的永远翻新，旧的不会重现。一个人岁数大了，会怀念童年，怀念故友，怀念初恋，怀念自己由于纯真幼稚而常做错事的久已消逝的年华。老朋友谈得来，因为他们有共同的过去；老夫老妻难以分离的纽带是他们共同的经历。历史是财富，也是一种重心。无论在天上飞，地下跑，都离不开重心的保持，没有重心就会跌落或跌倒。社会发展快了，也会寻找重心。所以，当前力求高速发展的民族，普遍都产生了一种寻根的社会心理。这也是历史文化在现代化进程中最重要的价值。欧尔德·斯特布里村告诉我们，老兄，过去的东西别太轻易地扔掉。扔掉什么和保留什么，需要一种未来的眼光。

所谓历史眼光，不是站在现在看过去，而是站在未来看现在。

1988.2 首发

城市的历史美

——法国文化考察随笔之二

对于古老建筑的维修,历来分为两种方式,也是两种观点。一是整旧如新,即粉饰一新;一是整旧如旧,即在修整中尽力保持古物历时久远的历史感。前一种方式多出于实用,后一种方式则考虑到古建筑蕴含的历史和文化的意义。在我国,很长时间都是整旧如新,及至近世,才有了整旧如旧的观念。

这些年,西方的古物修复专家又在探讨一种新的方式,便是用科学方法除去古物表层的污染物质,使古物再现它刚刚完成时的最初的面貌与光辉。我曾著文,称之为"整旧如初"。这种方式被认为是更高层次的"整旧如旧",即还历史以本来面目。它最成功的例子是梵蒂冈西斯廷教堂米开朗琪罗的穹顶画

《上帝创造人》的修复工程。但它也有失败的例子，而且十分惨重，便是近期修复完成的米兰那幅世人皆知的达·芬奇名作——《最后的晚餐》。

五年前我在意大利，听说达·芬奇的《最后的晚餐》正在修复，便怀着很大的兴趣到米兰修道院去看。几位专家在高高的架子上，专注而凝神地工作，像在为一位病人做大手术。据说他们每天只能完成一个火柴盒大小面积的壁画的修复工作，当年修复专家们对西斯廷教堂的穹顶画也是这样做的。而《最后的晚餐》是一幅残损尤重的艺术史名作，许多部位都剥落得一片模糊，因此人们很想知道五百年前这幅作品完成时的最初的神采。当时我还在米兰的书店买了一张修复前的《最后的晚餐》的印刷品，以便将来对照着看。

然而，如今一看，竟然惨不忍睹！不但不相信这幅画最初会如此拙劣，连修复前那种历尽沧桑的历史感也荡然无存。这一修复工程失败的缘故，专家认为是达·芬奇作画时喜欢试用各种新型颜料。这幅画所使用的颜料肯定与他一贯采用的"湿壁画"法相抗，所以传说这幅壁画在刚刚完成时就已经出现裂纹和开始剥落，这样一来，修复的一半工作成了修补。再说五百年来人们已经习惯了那种残破又古老的样子，即使修复后的画面和当年作品完成时一模一样，人们照旧会不买账。从来批评得最凶的总是批评家们，他们指责意大利修复专家的"胆大妄为"，甚至说意大利人"用'先进'技术破爆了《最后的晚餐》"。

比起意大利人，法国的修复专家要谨慎得多。但谨慎并非保守。在位于四区的巴黎市政府文化事务局里，一位宗教艺术品研究员安贝尔表示他坚持"整旧如旧"的原则。他认为意大利人"整旧如初"的做法，即便成功了——如西斯廷教堂穹顶画——也使古代遗存失去了历史感。因为古物表面斑驳含混和漫漶不清的一层不仅仅是物质浸染（如烛火、灯烟和空气氧化的浸染），更是一种时间浸润的结果，这里边还包含一种珍贵的历史感，也就是历尽沧桑的味道。去掉这一层，就是除却历史。

我同意他的观点，但我追问他："你认为'整旧如旧'应当如哪个'旧'呢？事物的历史化是一个时间过程，也就是一个逐渐'旧'化的过程。应当锁定在哪个程度上？"我想同他认定修复的标准。

他想了想说："这个问题很有意思，也很难回答。应当是一

◇从背后看巴黎圣母院似乎更美

种中间状态吧!"

他的话启发了我的思考。我喜欢把谈话逐层推向深入。我说出了我的意见:"我的想法是修复工作应尽量用减法,少用加法。减法是减去三种东西,一是朽坏糟烂、不能恢复并有碍观瞻的部分;二是有害的微生物;三是污染痕迹,如烟尘、酸雨、霉点等造成的污染。这个减法的极限是不能减去历史感和美感,我生造一个词吧,就是历史美。"

安贝尔笑了,笑容表示他很欣赏这个词。他又加了一个注脚:"历史美也是一种艺术美。"

法国人就是这样可爱,他们把一切美好珍贵的事物全视为艺术,因为唯有艺术才能在他们心中至高无上。

在凡尔赛宫,承蒙主人热情,我参观了一间尚未开放的玛丽·安托瓦内特皇后内宫的休息间,屋内精致典雅,华贵沉静,充满着唯王室才有的考究到极致的气息。这间不足二十平方米的房间,据说竟然修复了近三十年!连窗帘、椅子的面料及壁布,全是仿照昔日残存的布料的图案复制的,不仅豪华地再现了昨日的奢侈与辉煌,而且连古老物品那种历时久远的风韵也全然仿制了出来。陪我参观的一位历史专家说,宫中古物的维

◇巴黎名胜之一康居居瑞的历史，可以一直追溯到十三世纪末

修人员，都是毕业于文化遗产学院的高等人才。他们不单要对古物清洁、加固、维修，关键要整理出那种历史的味道。这种维修，远远比创造这件物品用时长。因为他们明白历史感不是物品原有的，是历史的一种加工。在历时久远的时间长河里，物品不再仅仅是一种物质。时间是神奇又有力量的，它会把它深远的历史内容无形地注入进去，同时将潜在其间的特有的时代美与文化精神升华出来。时代美过后就变为一种历史美，只有当它成为历史才变得更加清晰和更加动人。于是，历史物品更重要的价值是一种精神、一种美。这种美往往与它的沉默、斑驳和残破同在，而修复古物的关键，不仅要技术高超，更要理解历史和懂得美之所在。我望着墙边一排刚刚修复不久的老椅子痴迷不已时，陪同者告诉我，这里每把椅子的维修，都需要一位专家工作一年。一年？但谁会这样照料自己的城市的历史？倘若此时我们再放眼去看一看巴黎——这座博大、丰富、古雅、斑驳——在精心的保护与维修中充满历史美感的城市，我们不是会被深深地感动吗！

1999.11.23

翁弗勒尔

我之所以离开巴黎,专程去到大西洋边小小的古城翁弗勒尔,完全是因为这地方曾使印象派的画家十分着迷。究竟是什么使他们如此痴迷呢?

由于在前一站卢昂的圣玛丽大教堂前流连得太久,到达翁弗勒尔已近午夜。我们住进海边的一家小店,躺在古老的马槽似的木床上,虽然窗外一片漆黑,却能看到远处灯塔射出的光束来回转动。海潮冲刷堤岸的声音就在耳边。这使我充满奇思妙想,并被诱惑得难以入眠。我不断地安慰自己:睡觉就是为了等待天明。

清晨一睁眼,一道桥形的斜虹斜挂在窗上。七种颜色,鲜艳分明。这是翁弗勒尔对我们的一种别致的欢迎吗?

推开门又是一怔,哟,谁把西斯莱一幅漂亮的海港之作堵在门口了?于是我们往画里一跨步,就进入了翁弗勒尔出名的老港。

现在是十一月,旅游的旺季已然过去。五颜六色的游船全聚在港湾里,开始了它们漫长的"休假"。落了帆的桅杆如林一般静静地竖立着,只有雪白的海鸥在这"林间"自在地飞来飞去。有人对我说,你们错过了旅游的黄金季节,许多好玩的地方都关闭了。然而,正是由于那些花花绿绿、吵吵闹闹的"夏日的虫子"都离去了,翁弗勒尔才重现了它自始以来恬静、悠闲、古朴又浪漫的本色。

◇港湾内平静也安静

古城就在海边，一年四季经受着来自海上的风雨，这就使得此地人造屋的本领极强。在没有混凝土的时代，他们用粗大的方木构造屋架。木头有直有斜，但在力学上很讲究，木架中间填上石块和白灰，屋顶铺着挡风遮雨的黑色石板，不但十分坚固，而且很美，很独特，很强烈。翁弗勒尔人很喜欢他们先辈的这种创造，所以没有一个人推倒古屋，去盖那种工业化的水泥楼。翁弗勒尔一看就知：它起码二百岁！

那么，印象派画家布丹、莫奈、西斯莱以及库尔贝、波德莱尔、罗梭等，就是为这古城独特的风貌而来的吗？对了，他们中间不少人还画过城中那座古老的木教堂呢！

我在挪威斯克地区曾经看到过这种中世纪的完全用木头造的教堂，它们已经完全被视作文物。但在这里，它依然被使用着。奇异的造型、粗犷的气质、古朴的精神，非常迷人。翁弗勒尔的木头不怕风吹日晒，木教堂历经数百年，只是有些发黑。它非但没有朽损，居然连一条裂缝也没有。

我注意到教堂地下室的外墙上有一种小窗，窗子中间装了一根两边带着巨齿的铁条，作为"护栏"。这样子挺凶的铁条就是当年锯木头的大锯条吧！那么里边黑乎乎的，曾经关押过什么人？这使我们对中世纪的天主教所发生的事充满了恐惧的猜想。

教堂里的光线明明暗暗，全是光和影的碎块，来祈祷的人忽隐忽现。对于古老的管风琴来说，木头的教堂就是一个巨大的音箱。赞美圣母的音乐浑厚地充满在教堂里。再有，便是几百年也散不尽的木头的气息。

教堂里的音乐是管风琴，教堂外的音乐是钟声。每当尖顶里的铜钟敲响，声音两重一轻，嘹亮悦耳，如同阳光一般向四外传播。翁弗勒尔的房子最高不过三层，教堂为四层楼房；钟声无碍，笼罩全城。最奇异的是，城内的小街小巷纵横交错。这空空的街巷便成了钟声流通的管道。无论在哪一条深巷里，都会感到清晰的钟声迎面传来。

最美的感觉当然就在这深巷里。

我喜欢它两边各种各样的古屋和老墙，喜欢它们年深日久之后前仰后合的样子，喜欢它随地势而起伏的坡度，喜欢被踩得坑坑洼洼的硌脚的石头路面，喜欢忽然从老墙里边奔涌出来的一大丛绿蔓或生气勃勃的花朵……我尤其喜欢站在这任意横斜的深巷里失去方向的感觉。在这种深巷里，单凭明暗是无法确认时间的：正午时会一片蓝色的幽暗，天暮时反而会一片光明——一道夕阳金灿灿地把巷子照得通亮。

旅游者纷纷离去之后，翁弗勒尔又回复了它往日的节奏与画面。街上很少看见人，没有声响，常常会有一只猫无声地穿街而过。店铺不多，多为面包店、杂品店、服装店、酒店、陶瓷店、船具和渔具店，还有几家古董店，古董的价钱都便宜得惊人。对于钟情于历史的翁弗勒尔来说，它有取之不尽的稀罕的古物。

在那个小小的城堡似的旧海关前，一个穿皮衣的水手正挺着肚子抽着大烟斗，一只猎犬骄傲地站在他身边；渔港边的小路上，一个年轻女子推着婴儿车悠闲地散步，婴儿的足前放着一大束刚买来的粉色和白色的百合；堤坝上，支个摊子卖鱼虾的老

◇一家旅店房顶上一黑一白两只猫，是一位艺术家的雕塑作品

◇古老的海关就在这里

汉对两位胖胖的妇女说:"昨天风大,今天的虾贵了一点儿。"

这些平凡又诗意的画面才是画家们的兴奋点吧!

我忽然发现天空的色彩丰富无比。峥嵘的云团堆积在东边天空,好似重峦叠嶂。有的深黑如墨,有的白得耀眼,仿佛阳光下的积雪。它们后边的天空,由于霞光的浸入,纯蓝的天色微微泛紫,一种很美很纯的紫罗兰色。这紫色的深处又凝聚着一种橄榄的绿色。绿色上有几条极亮的橘色的云,正在行走。这些颜色全都映入下边的海水中。海无倒景,映入海中的景物全是色彩。海水晃动，所有色彩又混在一起。这种美得不可思议的颜色怎么能画出来呢？

我的伙伴问我什么时候去参观布丹美术馆。他说那里收藏着许多印象派在翁弗勒尔所作的画。我说，现在就去。他笑了，说："你真沉得住气，最后才去看画。"

我说："要想了解画家，最好先看看吸引他们的那些事物。"

2001.8

拉丁区，我们那条小街

如果能在巴黎住上一阵子，一定要选择拉丁区。比如这次我和妻子就幸运无比。不用我们提出要求，就被邀请我们的主人安排在拉丁区的腹地——苏吉尔街。那天，到机场接机的法国朋友开车拉着我们进入巴黎市区后，穿街入巷，东转西转，一边指着车窗外说，这是康德生前总待在里边的咖啡馆，那是杜拉斯住过的房子。在巴黎的街上只要转一会儿，便会感到和历史丝丝缕缕地纠结上了。这位法国朋友把我们拉进一条又弯又长的老街里，车子一停，说："你们到了。"我下车后前后看了看，再抬头看看房子，很迷惑，我们好像站在了巴尔扎克小说的某一页里。

苏吉尔街太小太没有名气，地图上连街名都不标出来。但苏吉尔（SUGER，1082—1152）这个人却是法国史上的一个大角色。这位法国中世纪最负盛名的修道士在世时的权力无人企及。他是路易六世和七世两代王朝的谋士，在国王统领十字军东征时竟摄政管理过国家。然而使我更感兴趣的是，这位手执权棒的人，十分迷恋历史。在封建时代，如果文化受宠于某一位权贵，乃是文化的一种幸运。比如苏吉尔，他在主持修复欧洲最古老的圣德尼教堂（建于630年）时，坚持要保护这座哥特式教堂迷人的古貌，于是修复手段仅以"加固"为之。这一前所未有的古建筑的修复思想，显示了人类在文化上的自觉，成为建筑保护史的一个起点。应该说苏吉尔是人类史上最早具有文化保护意识的人。我忽然想，我的主人把我安排在这里，是否为了契合我这些年近似偏执的文化保护的主张与行动？后来我知道，并不是这样。我们住在这里，只是因为我们居住的公寓恰好在这条街上，恰好是一种巧合。然而谁说巧合不含着冥冥中一种未知的暗示？

再说这条苏吉尔街，它不过一百多米。它是一种抻开而舒

◇苏吉尔街口。街口矗着在巴黎随处可见的牌子"巴黎的故事",上边写着这条街的历史与故事

展的"S"形。但站在路口这端还是看不到路口那端。"S"形的街道总有一种迂回和纵深之感。在街上走着，那些各式各样的古屋就成双地在小街的两边出现。这些至少一二百年以上的老房子，最高不过四层。首层全是石头的，上边几层才是砖墙。而且，根据当时十分流行的一种建筑结构力学，这些老房子的首层都是垂直而立，上边几层却逐层向里倾斜。但这样反而造成视觉上的一种错觉——看上去首层像是向外倾倒，整条街似乎都在缓慢地坍塌的过程中。至于这些老屋本身，更是苍老至极。有些石头的墙面已经粉化，雨水留下许多蜿蜒的槽痕，风儿把建筑上所有的棱角都磨圆，甚至还在许多地方吹出一些洞眼，有的黑黑的像历史留下的一只眼睛，怪诞地与你的眼睛相对视，向你的无知发难。至于那一扇扇古老的门，不管什么样式，一概简朴而笨重，推动起来必须双臂用上十足的力气。门环和门把上的兽头快磨成一个个形象含混的铁疙瘩了。人类的行为是一方面将万物从无到有地创造出来，一方面又把万物从有到无地泯灭掉。当然，人类在这方面的帮凶是时间。年深岁久之后，那种上端呈拱形的最古老的大门，上边的铁饰快销迹在门板中了，有些钉帽儿只留下一排排挺大的"锈红"色的圆点。

阳光不会把这种"S"形的街道整条同时照亮。每当阳光离开我们的两扇窗户,我马上从窗口伸出头向西边看。阳光正在前边,无限妩媚地把那边的古屋照耀得如诗如画。时间的色彩学是调和,时间会把一切本来反差很大的色彩模糊、谐调、中和。但是阳光的色彩学刚好相反,它偏偏要从万物中找出反差和亮色,强调出来。于是它把这些素雅的古屋所有窗前的花儿全都照亮,红色的、白色的、紫色的,还有旺盛而鲜亮的绿色。这样,古街便从它沉湎的历史中苏醒过来,一切变得生机勃勃。

我们要用最快的速度,把在巴黎为期两个月的生活建设起来。其实,在这个属于法国人文科学基金会的公寓里,一个学者的生活必需都已十分齐备。包括一套带厨房的房间,还有洗衣房、电脑房,以及小型的座谈间。这公寓也是一座很古老的房子,而且典型的按照法国人的方式改造过。那就是,房子临街的立面包括门窗绝对地原封不动,原汁原味呈现其本来面貌。房子内部却进行"现代"意义的改造。这"现代"即在功能设施方面充分体现现代科技带来的恩惠,第一是舒适的卫生间,第二是通畅的通信,第三是便利的设施,如电梯、供暖、消防通道和安全系统。这座经过"现代化"的公寓,走廊与共享空间全部使用金属钢架与玻璃,极具现代风格。但某些局部,比如一小块古老的墙、一段当年的木栏杆、一片昔时的天花板却刻意地保留了下来,甚至在老墙前还装了一层玻璃加以保护。玻璃上刻了几行字,说明这座房子的历史与年代。这种类似博物馆的做法,可感地表现出了这一建筑空间的时间与文化的内涵,同时还显示了历史所处的尊贵的位置。

巴黎人的一只脚站在优越的现代世界,一只脚仍留在优美的历史空间里。前者享用物质,后者享受精神。这才真正是现代人的享受!

这样,我们只用了两个小时,就把生活安排得饱满丰盈。我们在不远的超市与商店买来喜爱的食品、佐餐和烧菜的调料,还有一些小用品。依照我们的习惯,对这些日常小用品的色彩挑选得十分严格,我们尽量不叫一块颜色的"噪音"进入生活。妻子还在街头花店买了两束花,一束是黄色的球状的野花,另一束是红边的白月季,这两种花在国内都没有见过。房间内备有筒状的玻璃花瓶。这种花瓶的优点是花儿插在瓶中之后,可以看到它浸在透明的水中的碧绿的茎。我们将这两瓶花分别放在茶几与书桌上，新生活便从这花开始，我们心里充满了新鲜感和快意。

生活就是创造每一天。

风儿从我们的"S"形的街道中穿过时，画一条无形的曲线，流畅又舒适。风儿舒适时不留下任何声音，所以我们在巴黎睡得又深入又香甜。只是天天天亮前，必有一辆冲洗街道的车大吵大叫地把我们闹醒。冲洗街道是巴黎的传统之一，故此，一些老街在街道的正中央都有一条坡形的石槽，便于流水。但是从来没有人反对这种搅人好梦的水车。倘若谁被这水车惊醒，心里有气，骂这水车野蛮，但清晨出门，在沐浴之后分外洁净的街道上一走，步履轻盈，呼吸清新，心头爽快，不知不觉就会站在"传统"的一边了。

如果哪一天没有活动安排，也不想去博物馆，出门站在苏吉尔街上，我们便面临着两个选择——往西走就会进入历史街区，往东走便是巴黎闻名于世的那一片名胜的天地。

往东走吧！一出口就来到圣米歇尔广场。这个三角形的广场很小，前边横着塞纳河。河上一座桥，过桥是西岱岛。巴黎古老的历史一半都在这个狭长的河中小岛上。岛上的建筑如巴黎圣母院、正义宫、圣多佩勒教堂，全都闻名天下，故而天天门前都拥着一群群肤色各异的游客。每一座建筑本身，都是一部读不完的历史和一个讲不完的故事。于是，我们这边的圣米歇尔一带便成了巴黎的交通枢纽。几条地铁干线在地下交叉着，从这儿直通城中各处，日夜不绝的人们从广场周围的几个地铁站口钻进钻出。于是，一个神奇的事情出现了，圣米歇尔广场成了情人们约会的最佳之处，自然它也成了浪漫的巴黎的情人们接吻次数最多的地方。

在巴黎的街面处处可见一种灰白色的圆点。它不是鸟粪，因为水车的水也冲不去。它是口香糖的痕迹。据说巴黎有一种口香糖是专用于接吻之前吃的。所以，圣米歇尔广场一带的地面到处是这种灰白色的圆点。特别是雨后，柏油的路面颜色变深，圆点更加清晰。这白花花一片称得上是巴黎最奇特、最浪漫的城市装饰了。

我们穿过广场时，踏着地面上这些动人的斑点，与拥抱接吻的可爱的年轻人擦肩而过,仅仅走了五十米,就来到塞纳河边。西岱岛上的那些历史建筑我们已经去过多次。所以,我们更喜欢在河这边,隔河去细细品味历史创造的这些精致的画面。妻子则更喜欢走下河岸,在下边一条更低的河边小路上散步。在这下边的小路上,更接近汹涌的河水。塞纳河的水又大又急,河中从无两岸的倒影,只有深刻而强劲的水纹在河中快速地驰过。只有在离河水很近的地方,才会有它从心而过的酣畅的感受。

同时,这低岸的小路,鲜有游人,宁静又幽闲。只有孤独的老人、遛狗的女子、享受着爱情的情侣,还有看书的人;偶有一个人边走边说、自言自语,他是一个神经病患者,还是一位诗人?当然,最常见的是架着画板在写生的人,他们多半不是画家,写生只是他们的一种生活。

我对妻子说:"我们也来写生吗?"

妻子笑了笑,手指着前边说:"最好的画家是秋天。"

河边秋树的落叶已经把这小路一片一片地染成黄色,黄得很鲜很亮,连停泊在河边的游船的篷顶也铺了一层黄叶,像花瓣。

无风的天气里,不断飘下来的落叶落得非常慢。我一伸手,竟然捏住一片叶子,像是捏住一只飞舞中的蝴蝶。

一片娇小又夺目的叶子在手指之间。

我们都笑了。这是唯塞纳河边才有的"风景的奇迹"。

尽管我完全不懂法文,每每经过塞纳河边的旧书摊时,总会被它们"粘"住。我喜欢旧书。旧书和新书的意义不同。新书让你进入未知的世界,旧书却常常叫你自愧于知之有限。你

◇塞纳河边的旧书摊闻名世界

会恍然大悟，原来今天被奉为神明的那些话，很早很早以前就有人说过。人类创造过的财富一半遗失在旧书里，而且旧书总带着它往日的风采，引起你的怀念。当油墨的芬芳消失殆尽，变黄的纸会散发出一种凝重的岁月的气味。

我唯一能看懂的，是挂在那些漆成墨绿色书箱上的老画片。它们大多是从破损的老书中割取下来的版画，有的年代很久，甚至有十八世纪的，已经是古董了。就在我翻看这些老画片时，忽然一个画面闯进眼睛：几个洋兵冲入一间宽大的房子，一些便装的洋人和梳辫子的中国人露出惊喜的神情。我马上认出这是一种描绘庚子事变的老画报，一看日期，果然是1900年。我对珍罕的史料从来不会放过，于是马上将有相关内容的画报尽数买了。回来找朋友一看，这是1900年前后巴黎出版的一种画报，名为《小画报》。四开纸，彩色印刷，以图为主，伴有各类文章及消息。十天一期，每期两大张，对开十六版。我所买的几期图画，都是对庚子事件的时事报道。时间从1900年7月至11月。包括《联军攻打总理衙门》《清兵在黑龙江与俄军开战》《东北义和团砸教堂》《德国公使克林德被杀》等，其中一页《联军攻打中国地图》尤为珍贵。这一收获使我高兴了好几天，

◇1900年巴黎出版的《小画报》，画面表现当时发生在中国的义和团运动中的一个场景

也使我一连好几天都跑到塞纳河边流连不已，来来回回地逛旧书摊。

有一种说法：全法国的书百分之八十在巴黎，全巴黎的书百分之八十在拉丁区。这说法有理。由于远自中世纪，这个区就是学生区，最早的学生说拉丁语，拉丁区之名便来源于此。校园的食粮是书，出版社供应这种纸制的精神食粮，于是拉丁区也是巴黎各类书店和出版社最密集的地区。拉丁区地处巴黎正中，一种浓郁的书香气味便由这里散布全城。我发现，在拉丁区人们看书的方式很像吸烟，坐着也看，站着也看，在车上也看，在电梯上还看，我还见过一个人一边走一边看书。这是因为这本书太吸引他，还是他太爱看书？他会不会一脚踩空掉进"地沟"里？

我的法国朋友大笑，说："巴黎没有这种地沟。"

VCD如今在中国已经相当普及，但在法国始终没有流行开来，这大概由于不少法国人对书的兴趣依旧高过电视。他们不大看电视连续剧，不喜欢快餐文化。菲利普·德莱姆写的《第一口啤酒》那种描写得细致入微的书，之所以在法国畅销，问世当年就再版二十三次，其根本的缘故是由法国人读书的习惯决定的。法国人习惯于这种在文字上有滋有味的咀嚼。可是当这本书被翻译到汉语文化博大精深的中国来时，为什么受到冷遇？到底我们被来自港台的商业性的快餐文化弄坏了胃口，还是守旧的法国人在现代化的进程中慢了半拍？

妻子说我最顽固不化的是"中国胃"。我按照我的胃口每次在超市选购食品的结果，总是排骨、牛里脊、大白菜、番茄和菜花那几样。尽管如此，我还是要向法式的"饮食文化"让步。比如，我只有跑到很远很远的十三区的陈氏百货公司一带，才能买到我爱吃的油条和芝麻烧饼。我被迫改用了法式早餐。被迫的结果不一定很糟糕。这一来，我竟迷上了法国的"棍面包"。记得儿时，天津租界小白楼的面包房也烤这种面包。但要想吃纯正又地道的——又脆又软又韧又松又喷香的法式"棍面包"，还得到巴黎来。这也正体现了地域文化所独具的价值。

如果国内有朋友来看我们，想叫我们陪着逛一逛巴黎，那就一准要陪他走这样一条路线——出苏吉尔街西口，拐个小弯儿，又走进另一条"S"形的小街。而实际上这条小街是由两个

"S"形连在一起的，比我们的苏吉尔街多了一个"S"。走在这条小街上，觉得自己像条鳟鱼那样摆着身子在水溪里曲线地游动。

巴黎的建筑多用灰白或灰褐色的石料，这使小街显得十分洁净。再加上墙壁上老式的风灯、窗子上黑色的护栏、墙里墙外的花树，显得分外优雅又温馨。巴黎很少有胡同，多是这种小街。小街又长又深又古老，走进这种小街才是真正走进了巴黎的生活。

现在，我们走进的这条小街属于一种典型。它的尽头是一道锻铁打造的铁栅栏，栅栏的一半快被簇密的常青藤包上了。栅栏中间的一扇小门却常年开着。它开了九十度，却永远是九十度。它无法关上也无法开得更大，因为合页部分早已锈死。

走进门是一道小院，左右各有一家。左边一家的门在底层，只有一扇，很小，但很结实，厚厚的木板上钉满了粗大的铁钉。当年设计这样一个紧巴巴的入口，是否为了安全？我几次经过这里，这门一直关得死死的，我怀疑是一座空楼。但一天晚上路过时，发现楼上几扇窗里的灯全都亮着，雪白的纱帘十分美丽，我还看见一个女人的侧影。至于右边一户，由一道石砌的台阶一直通上去，入口的门在二楼。油漆剥落的门板上，挂着一个为了欢迎客人而用红玫瑰编成的花环。这种画面我们在巴尔扎克和左拉的笔下都已经看过了。

院子的侧面是一个城门似的拱形的门洞。门洞上端仍是建筑的一部分。穿过门洞,又是一道院。这道院的四面墙上上下下都爬满了藤蔓。楼上的几扇窗子快被枝蔓遮满了。他们为什么不除去这些碍事的藤条?此时入秋,藤叶变黄变红。红的颜色深深浅浅。再美的花色也没有这种秋藤的颜色丰富。我想倘若是我,也一样不舍得把它们剪去。

而此时,透过这些已然萧疏的藤叶,可以看出这道院比前一道院更古老,所有房子一概是石头砌的,宛如古堡。外墙上的雨水管全是铸铅而成,厚如炮筒,虽然管口早已蚀烂,但没有人去把它拆掉。因为巴黎人都知道:历史的生命保留在历史的原件里,历史的美也保留在历史的原件里。

从这道院走出去,另一条横向的街完全是十八世纪以前的风格。小咖啡馆是家庭式的,每张小座上一盏台灯,柔和的灯光局部地照亮半张苍老或年轻的脸;地面的石头方砖已经全部被踩成光溜溜的"石蛋"了。一家西班牙艺术品的专卖店里,地面有一块玻璃,里边用灯照着,是一条幽暗的地道。如果你表现出有兴趣，店员会过来告诉你，这地道很深，通向一间牢房，它至少有六百年。

如果你更有兴趣，她会讲给你一个发生在几百年前的可怕的故事。这故事的一半像传说。

当然，这些人都以历史为荣。

巴黎是个只修不改的城市。

它的街道不变，房子不变，门牌不变。如果一座房子倾圮，便把它的门牌与相邻房子的门牌连起来，如30-32。我所居住的公寓的门牌就是16-18 RUE SUGER。它说明这里曾经还有一座古屋，不知在哪个世纪与我这座公寓合并在一起了。故而一封一百年前寄往巴黎的信，辗转曲折，最终也会送到目的地。

哪个城市也能这样与历史通邮？

在我所居住的这个街区里，各种店铺应有尽有。由于拉丁区是学生区，店铺内商品的价钱都不高。没有金店，但有各种风格的首饰店，比如，非洲的、阿拉伯的、墨西哥的……女学生们常常会光顾这里。至于饭店多为实惠的小吃。土耳其烤肉、比萨饼、中式快餐，应有尽有。但美国的麦当劳却很少见到。法国人排斥美国式浅薄的快餐文化。那种随餐奉送玩物的商业小伎俩只能讨好有送礼习惯的亚洲人。由于旅游者常常会闯进这种巴黎特有的历史街区，仰着头东看西看，举起相机不断拍照，故此一些古董店也在这里设下罗网。店内的东西是纯正的法国货色。我房后有一家古董店，品位很高，全是古老的家具、绘画、室内饰品与宗教艺术。它不以精致华贵取胜，却以一种岁月的沧桑感吸引人。店主是位老人，西服的款式很老，甚至有些破旧，胸前摇晃的一条表链已有些发黑；然而他的气质却十分儒雅，人瘦体弱，动作迟缓。一双蓝色的眼睛柔和而空蒙。他在店中，与他的古董风格完全一致，融为一体，好像他是从某一幅画中走下来的，或者退一步，又回到那个残缺和鎏金的镜框中去。

每每傍晚时分，妻子烧菜煮饭，我就会抽空跑出去，穿过圣日耳曼大道，去一趟王子路上的友丰书店。路不算远，走十分钟，便能在这家驰名巴黎的中文书店买到当日的中文报纸——《欧洲日报》和《欧洲时报》。这两份报都在巴黎出版。客寓巴黎的华人就靠着这两份报一览天下。

王子路很窄很长，老式的路灯很暗，入夜便很黑。历史上这条街上却有许多小型的出版社。书店、旧书店、善本书店以及修理旧书的店铺都很多。这里的咖啡店常常是作家和出版商交谈之处。别看这些咖啡店破旧至极，椅面磨出洞来，不少大作家成名前都在这种咖啡店里，与出版商在版税上讨价还价，争执不休。如今那些往事与故人都成了这些小店的文化资本。然而在今天的商业文化狂潮和媒体霸权的打击下，人们的文化方式变了，王子街的不少书店和出版社在日甚一日的萎缩中歇业关张，但友丰书店却意外地一枝独秀，在日落之后依旧灯火通明。

支持书店的一是书，二是读者。

在友丰书店里，可以买到华人世界的一切新书。海峡两岸及香港、澳门各地热点，此处皆知。于是这家书店便成了巴黎华人文化的一个信息中心。许多人到此一为买书，一为了解最新讯息，以摸清各地文学与社会文化的走向。高行健获诺贝尔奖的那些天，各种看法与说法便在书店随意表达，尽情褒贬。至于平日里彼此相识的书客在此碰面，交谈间常常会对某位大陆或台湾的作家作品评议一番，倘若意见相左，还会争论不已。此地此景，颇似沙龙。这样的书店在整个欧洲唯巴黎才有。在柏林，我见过一家"中国书店"，书架上却只见海峡两岸及香港、澳门的畅销书，言情武打，侦探冒险，供人消遣而已。此外便是一堆堆电视剧的录影带。这只是一种赚钱糊口的小铺子，没有任何文化的意义。然而巴黎的风景就全然不同了。此地汉学的基础原本就十分雄厚，法国人学中文的人向来不少，近年来国内大批学人来法进修，人多势众，成了气候。嗜书和爱书的人都聚到这里来，小小书店就演变成了一个文化的磁场。

早在十几年前（1987年），我便结识了这家书店的店主潘立辉先生。那年我去比利时参加"布鲁塞尔国际书展"。他从法国驱车到比利时也来看书展。当时他的书店在草创时期。他是生在柬埔寨的华侨，由于一种神秘的文化血缘，他对中文书籍抱有极强烈的兴趣。此后他还出版了我的两本中法文对照的短篇小说集。从卖书到出书，我看出他对书的痴爱。

十几年过去，友丰书店已经颇具实力。在巴黎有两个铺面，两个很大的书库。每天吞吐量高达半吨。自己编辑出版的书已有二百多种。他出书的目的使我颇感兴趣。他从来不出通俗类，显然他不想出书牟利。比如近一年来他出版的《1912至1930年中国摄影集》《巴黎城市建设史》《陈建中画集》等，销售起来颇要费些力气。这表明，当他认定了一本书有价值之后，出书主要是表达一种支持。现在国内的私家书商都处在"原始积累的初级阶段"，尚无这般境界。

在友丰的架上，我发现了我的几种书。连我新近在人民文学出版社出版的亦图亦文的《画外话》，也已出现在友丰书店。友丰货源的畅通，由此可想而知。于是我想，下次再访法，不用自己再背一二十斤的书来。而且这两个月里，我在友丰还买了不少大陆以外出版的书，满满装了两箱呢！

一天，我们从西海岸诺曼底地区返回巴黎。当晚我觉得有什么事要办。妻子烧饭时，我便去到王子路的友丰书店转转看看，和几位店员聊聊天，然后买了近两天的报纸，还有一些新到的书刊回来。走在路上，我忽然想，在巴黎我已经离不开友丰了。它的意义已经远远地超出了一个书店。

这天，友丰书店的三位店员请我吃饭。这使我很愉快。我感觉我已经和巴黎这家中文书店融为一体了。而且我也很喜欢这三位店员,他们都很有学识:有的一边在书店工作,一边读博士;他们都很懂书,通晓市场;而且一位来自大陆,一位来自台湾,一位是法国人。他们三人正好把海峡两岸和中法两国四个方面全覆盖了。

我们在王子路一家印尼馆吃饭。依照法国人的习惯,先饮了十一月份第三个星期的葡萄酒。嘴里带着新鲜葡萄又清又甜的醇香大谈拉丁区这里种种文化上的故事。谈到法兰西学院开放的教育制度,巴黎理工大学的光荣历史,法国人和德国人读书习惯的不同,巴黎汉学界的张三李四,扯来扯去就扯到这一带有一处傅雷先生的"故居"。

傅雷是我年轻时代心中的神。我很想去看他的"故居"。饭后,那位来自台湾的店员余子超先生便陪我去。这傅雷的故居还是他考证出来的呢。

我们走出了王子路,沿着日耳曼大街向东,左拐右拐,终于站在这座楼房下边。在夜幕中这座临街的楼房四四方方,没有任何特色,也没有装饰。大概当年是一座租金很低的公寓。经余子超指点,三楼外角一个黑黑的窗子便是昔日傅雷先生在巴黎居住的房间。傅雷先生1928年到巴黎,先住在郊区贝底埃镇一户人家学习法语。半年后到巴黎大学上学时，便住进这座楼。这座楼属于青年会，住过不少留法的中国学生，现在它依然是一座外国学生招待所。然而今天无论是法国人还是中国人，没人知道这是中法之间一座精神桥梁的伟大的建造者的居所。余子超说，首先中国人应该在这座楼上挂个牌子来纪念傅雷。于是我记下了这个地址：

3，RUE CLEZ CANMES（卡尔曼街三号）

可是我又想，这牌子由谁来挂？我对谁说？

每个地方的气质，都会在某一个特定的日子分外突出地散发出来。有的是在一个纪念日，有的是在一个风俗的节日。比如我的家乡天津独有的气息在大年三十表现得尤为强烈。那么，我们客寓于巴黎的拉丁区呢？在周末！

每逢周末我们都会深深感受到拉丁区的气息。

一俟周五的晚上，所有餐馆咖啡店几乎都被放了假的学生们占领。街头的咖啡店几无虚席。巴黎咖啡店的小桌的直径只有六十厘米。这种店只要人满，全是"挤成一团"。但是巴黎人太习惯在狭窄的空间里享受生活，连爱丽舍宫的国宴上每个人的座位规定也只有七十厘米。据说这样一来，人们必须收臂耸肩，腰板随之挺起，显得精神昂然。而吾国的会场都是大椅子，软靠背，容易东倒西歪，乃至呼呼入睡。

周末的拉丁区，到处是年轻人。他们把重负一般的学业扔在脑袋后边，所以人人的神气都很休闲。男男女女有说有笑。于是，艺术家们纷纷来到街头，把人们的兴致和生活的情感全都发挥出来。

只要艺术家们高兴，他们就会站在街心连唱带跳。那种人多的小街，自动变成了步行街。很少有车行驶。然而这些演出没有固定的地点和时间，全凭艺术家们的随心所欲。如果你在街上遇上一个高超和绝妙的表演，那完全是一种运气。找也找不着，不找却碰到。拉丁区的生活充满了快乐的机遇。

有一天，我们在一家老面包房买面包，出来碰到一位艺术家。他骑一辆轻便摩托，车上绑着旗子、木枪、鸟网，并插满很大的棕树叶子。他的打扮使人想到当年在越南打仗的法国兵或美国兵。一身老式军装，军用太阳帽，上上下下也挂了不少树叶，似是防空伪装。他手拿一个苍蝇拍，见有人从身边走过，就朝肩膀和后背啪地打一下，像是拍打蚊子。后来，见人围观，索性下车，寻到一个路人，便用苍蝇拍追着打。打得并不用力，只是一种表演或一种玩笑。围观的人谁笑得厉害，他就过去拍打这人。后来，过来一辆汽车，他跑到车前把车拦住，并打手势叫车上的人下来，他要为他们清除身上的蚊子。车上的人只是笑，却不下来，他就一扭身坐在车头上。车上的人也和他开玩笑，开着车缓缓往前走。他便坐在车头上挥着苍蝇拍神气十足表演一番，才跳下车来。车上的人一踩油门，大笑而去。

我与一位法国友人谈起这事，他说可能是讽刺当年法国兵在越南的行动。他说，在现在的年轻人看来，当年法国人在越南做的事，无非是打蚊子罢了。当谈到这种表演形式，他说这是一种现代戏剧吧，又像是一种行动艺术。不过，他说他没见过。拉丁区的艺术千奇百怪。某一个人见过的，可能这人所有认识的人都没见过。

然而不要以为拉丁区文化只是表面上的千变万化。一天夜里，我们从阿蒙区一位朋友的家中聊天回来，天下着很密的雨。在拐向我们的苏吉尔街的丁字路口，那个早已关了门的小杂品店的房檐下，一个人拉着提琴。这乐曲很熟，但一时想不起是

◇街头的趣味性雕塑

谁的曲子了。曲子本来就是伤感的,但他拉得很深切,肯定他把一种内心的东西放进去了。尤其在这带着寒意的秋雨中,琴音裹在雨声里,便分外地动人心扉。我第一次听到这种混合着秋雨的感伤的曲调。在黑乎乎的屋檐下,只能看到他的身影与轮廓。他不是一个街头艺术家,他更不是在表演,他一定也居住在这一带,一定被一种情感折磨得夜不能寐,跑到这细雨街头尽情地抒发出来。

这才是拉丁区最深的,也是最日常的一种生活。

可是当我们看到这一幕时,已经该整理行装打道回国了。

回国数月后,一次在与妻子聊天中谈到巴黎,谈起在巴黎的那些日子,我忽问妻子:"如果再去巴黎,你最先要到什么地方去看看?"

她好像不假思索地说:"拉丁区,我们那条小街。"

我笑了,点点头。这也正合我之意。我感觉我们和拉丁区已经丝连在一起。但我不知道——到底是拉丁区已经在我的心里生根,还是我们的心在拉丁区里留下了一些依然活着的根须。

2001.6

精神的殿堂

人死了，便住进一个永久的地方——墓地。生前的亲朋好友，如果对他思之过切，便来到墓地，隔着一层冰冷的墓室的石板"看望"他。扫墓的全是亲人。

然而，世上还有一种墓地属于例外。去到那里的人，非亲非故，全是来自异国他乡的陌生人。有的相距千山万水，有的相隔数代。就像我们，千里迢迢去到法国。当地的朋友问我们想看谁。我们说了卢梭、雨果、巴尔扎克、莫奈、德彪西等一大串名字。

朋友笑着说："好好，应该，应该！"

他知道去哪里可以找到这些人，于是他先把我们领到先贤祠。

先贤祠就在我们居住的拉丁区。有时走在路上，远远就能看到它颇似伦敦保罗教堂的石绿色的圆顶。我一直以为是一座教堂。其实，我猜想得并不错，它最初确是教堂。可是在法国大革命期间，曾用来安葬故去的伟人，因此它就有了荣誉性的纪念意义。到了1885年，它被正式确定为安葬已故伟人的处所。从而，这地方就由上帝的天国转变为人间的圣殿。人们再来到这里，便不是聆听神的旨意，而是重温先贤的思想精神来了。

重新改建的建筑的入口处，刻意使用古希腊神庙的样式。宽展的高台阶，一排耸立的石柱，还有被石柱高高举起来的三角形楣饰，庄重肃穆，表达着一种至高无上的历史精神。大维·德安在楣饰上制作的古典主义的浮雕，象征着祖国、历史和自由。上边还有一句话："献给伟人们，祖国感谢他们！"

这句话显示这座建筑的内涵，神圣又崇高，超过了巴黎的任何建筑。

我要见的维克多·雨果就在这里。他和所有这里的伟人一样，都安放在地下。因为地下才意味着埋葬。但这里的地下是可以参观与瞻仰的。一条条走道，一间间石室。所有棺木全都摆在非常考究和精致的大理石台子上。雨果与另一位法国的文

◎先贤祠的大厅穹顶采用希腊式十字结构,并由许多美丽的科林森式石柱支撑,气势巍峨而宏大。它始建于1758年。建筑外部的门楣上刻着一行字:"献给伟人们,祖国感谢他们!"

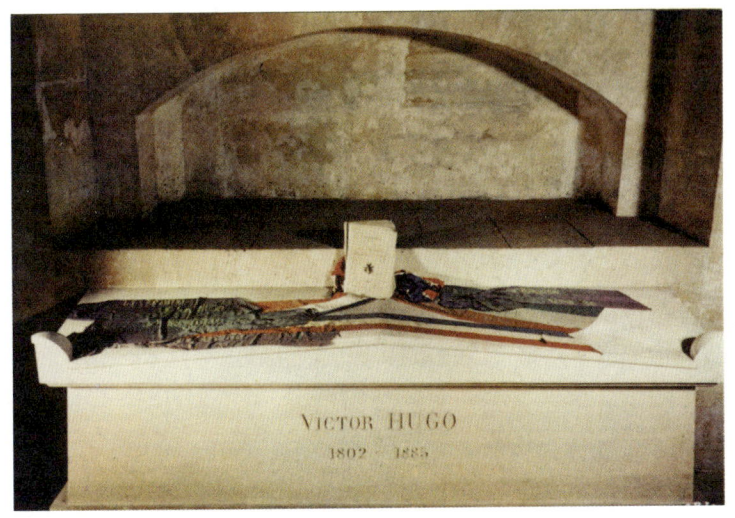

◇作家维克多·雨果的石棺，1885年迁至此处

豪左拉同在一室，一左一右，分列两边。每个人的雪白大理石的石棺上面，都放着一片很大的美丽的铜棕榈。

我注意到，展示他们生平的"说明牌"上文字不多，表述的内容却自有其独特的角度。比如对于雨果，特别强调由于反对拿破仑政变，坚持自己的政见，遭到迫害，因而到英国与比利时逃亡十九年。1870年回国后，他还拒绝拿破仑三世的特赦。再比如左拉，特意提到他为受到法国军方陷害的犹太血统的军官德雷福斯鸣冤，因而被判徒刑那个重大的挫折。显然，在这里，所注重的不是这些伟人的累累硕果，而是他们非凡的思想历程与个性精神。

比起雨果和左拉,更早地成为这里"居民"的作家是卢梭和伏尔泰。他们是十八世纪的古典主义的巨人,生前都有很高声望,死后葬礼也都惊动一时。1778年伏尔泰送葬的队伍曾在巴黎大街上走了八个小时。卢梭比伏尔泰多活了三十四天。在他死后的第十六年(1794年),法兰西共和国举行了一个隆重又盛大的仪式,把他迁到先贤祠来。

将卢梭和伏尔泰安葬此处,是一种象征,一种民族精神的象征。这两位作家的文学作品都是思想大于形象。他们的巨大价值,是对法兰西精神和思想方面做出的伟大贡献。在这里的卢梭的生平说明上写道,法兰西的"自由、平等、博爱"就是由他奠定的。

卢梭的棺木很美,雕刻非常精细。正面雕了一扇门,门微启,伸出一只手,送出一枝花来。世上如此浪漫的棺木大概唯有卢梭了!再一想,他不是一直在把这样灿烂和芬芳的精神奉献给人类?从生到死,直到今天,再到永远。

于是,我明白了,为什么在先贤祠里,我始终没有找到巴尔扎克、斯丹达尔、莫泊桑和缪塞,也找不到莫奈和德彪西。

这里所安放的伟人们所奉献给世界的，不只是一种美，不只是具有永久的欣赏价值的杰出的艺术，而是一种思想和精神。他们是鲁迅式的人物，却不是朱自清。他们都是撑起民族精神大厦的一根根擎天的巨柱，不只是艺术殿堂的栋梁。因此我还明白，法国总统密特朗就任总统时，为什么特意要到这里来拜谒这些民族的先贤。

1955年4月20日居里夫人和皮埃尔的遗骨被移到此处安葬。显然，这样做的缘由，不仅由于他们为人类科学做出的卓越的贡献，更是一种用毕生对磨难的承受来体现的崇高的科学精神。

读着这里每一位伟人的生平，便会知道他们中间没有一个世俗的幸运儿。他们全都是人间的受难者，在烧灼着自身肉体的烈火中去找寻真金般的真理。他们本人就是这种真理的化身。当我感受到他们的遗体就在面前时，我被深深打动着。真正打动人的是一种照亮世界的精神。故而，许多石棺上都堆满鲜花，红黄白紫，芬芳扑鼻。这些花是来自世界各地的人天天献上的。它们总是新鲜的。有的是一小枝红玫瑰，有的是一大束盛开的百合花。

这里，还有一些"伟人"，并非名人。比如一面墙上雕刻着

◇居里夫妇在实验室中

许多人的姓名。它是两次世界大战中为国捐躯的作家的名单。第一次世界大战共五百六十名，第二次世界大战共一百九十七名。我想，两次大战中的烈士成千上万，为什么这里只是作家？大概法国人一直把作家看作是"个体的思想者"。他们更能够象征一种对个人思想的实践吧！虽然他们的作品不为人所知，他们的精神则被后人镌刻在这民族的圣殿中。

一位叫作安东尼奥·圣修伯利的充满勇气的浪漫派诗人也安葬在这里。除去写诗，他还是第一个驾驶飞机飞越大西洋、开辟往非洲航邮的功臣。1943年他到英国参加戴高乐将军的"自由法国"抵抗运动，在地中海的一次空战中不幸牺牲，尸骨落入大海，无处寻觅。但人们把他机上的螺旋桨找到了，放在这里，作为纪念。他生前不是伟人，死后却得到伟人般的待遇。因为，先贤祠所敬奉的是一种无上崇高的纯粹的精神。

对于巴黎，我是个外国人，但我认为，巴黎真正的象征不是埃菲尔铁塔，不是罗浮宫，而是先贤祠。它是巴黎乃至整个法国的灵魂。只有来到先贤祠，我们才会真正触摸到法兰西的民族性，她的气质、她的根本，以及她内在的美。

我还想，先贤祠的"祠"字一定是中国人翻译出来的。祠乃中国人祭拜祖先的地方。人入祠堂，为的是表达对祖先的一种敬意、崇拜、纪念、感谢，还有延续下去并发扬光大的精神。这一切意义，都与法国人这个先贤祠的本意极其契合。这译者真是十分高明。想到这里，转而自问：我们中国人自己的先贤、先烈、先祖的祠堂如今在哪里呢？

2001.6

活着的空间

——法国文化考察随笔之四

今年是巴尔扎克诞辰二百周年，我在天津发起一个小小的纪念会，邀集此地的文学界人士抒发心怀，同时请来巴黎的巴尔扎克故居博物馆馆长卡尼欧先生等法国朋友做客，交谈感想。我还买了一些新版的巴尔扎克著作赠送给与会的文友——这其实更是一种情感行为，以表达我对巴尔扎克特殊而深远的敬意。"文化大革命"期间，我的家被挖地三尺地横扫，但《欧也妮·葛朗台》《夏倍上校》《亚尔倍·隆伐龙》等几本巴尔扎克小说却被革命小将们意外地抛弃在地，"漏网"地保留了下来。书皮已经撕掉，我扯开劫后无多的一件蓝褂子做了封面。就这样，巴尔扎克和他的人物们便陪我度过了那个漫长和荒芜的十年。

他对败坏殆尽的世道人心的揭露，使我心清目朗；他对被折磨的美的悲悯，给我的心灵以深切的抚慰。所以，到了巴黎，我就来到巴尔扎克的故居。一走进这树木掩翳中低矮、宁静而简朴的屋舍，一阵莫名的亲切的气息扑在面上。心里禁不住响起一句话："我把我心中敬仰的人，带回他的家里来了。"

我感觉巴尔扎克真的从我心里走了下来。我看见他在屋里走来走去，看见他躲在屋中逃债时的神情。这个当年叫作文森的地方的几间路边小屋，屋顶比路面还低。他选择这个地方居住，是为了不易被追债的人发现。但他一定还是常常心惊肉跳

◇为了逃避债主，巴尔扎克选择远离郊区并"躲藏"在低地中的小房子里

地躲在窗帘后边朝外张望。如果是不多的几个密友来访,他就隔着这薄薄的门板侧着耳朵去听敲门声是不是事先约好的暗号。

我还看见他站在小院里独立凝思。浓密的花树和木叶的气息包围着他。他身上裹着大氅,瑟缩着肩膀,这不正是罗丹为他雕塑的那个样子吗?他是由于衣单身冷,还是心底感受到了人世间的孤寂与彻骨的寒凉?

◇巴尔扎克头像(罗丹,1897年)

更深夜半,绝不会再有债主出现。他就用这个深红色花边的瓷壶来煮咖啡,传说他一天至少喝一公斤咖啡。在浓烈的咖啡的刺激下,他锐利的思维一下子刺穿了那遮蔽世界丑恶的黑幕。于是，他入木三分地写下了十九世纪中期巴黎人的形形色色。他这把大椅子正适合他壮硕的身躯，但他的桌子为什么这样小？他俯下的肌沉肉重的前胸几乎要把书桌压扁。然而，他就在这平平常常的小桌子上写出了他一生中最重要的一批作品，创造出文学史上那难以逾越的奇迹来。

我拉开他的抽屉，里边空无一物。

曾经有一个深夜，一个梁上君子潜入这屋内，也拉开了抽屉，但摸了半天也摸不到一个钱。他在隔壁的卧室里听到了，便说："别找了。白天我找了半天也没找到一个法郎。现在这么

◇巴尔扎克写作时使用的小书桌

黑,你更不可能找到钱了。"于是那偷儿惭愧地离去了。

我笑了。陪我参观的卡尼欧馆长问我笑什么。

我想说:"巴尔扎克就在这儿。"但我没说,我怕这话被他当作笑话。但这个对于巴尔扎克虔敬极深的年轻的馆长,好像在我的神情中感悟到一些什么。他把我领到地下书库里,去看看有关巴尔扎克的藏书。他还特意叫我动手去翻一翻巴尔扎克自己出的书。我知道巴尔扎克在写作之前曾发誓创立一个出版社,并致力于一种袖珍版的小书。但由于经营不善,背上了如山的债务,以致终身难偿。于是我的手在抚弄这些书皮时,热辣辣的,仿佛触到了这位文豪饱受的折磨与苦难。我从没有触摸到犹如布满针芒的书皮!但是卡尼欧为什么叫我亲用手翻一翻这些书呢?他是不是也知道——只有切实的触摸,才有真切的感受?由此,我的问题便鱼贯而来。尽管以前我对巴尔扎克十分熟悉,但总觉得隔着很大的时间与空间,为什么到了这里,完全没有了距离感?他普通,真实,活生生,面对面站着。甚至一伸手就可摸到他那又大又重的身躯。凡是他书中有的,这里一切都有;他书中没有的,这里也有——这便是他自己。为什么从作品理解作家,远不如从作家理解作品来得直接与深

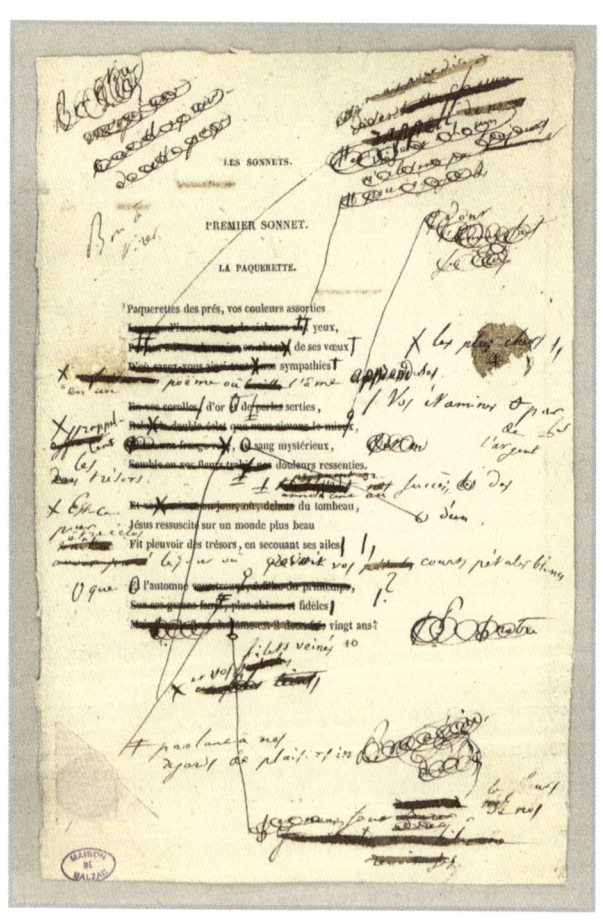

◇巴尔扎克的手稿大都反复修改成这种"涂鸦"的模样

入？到底是作品大于作家，还是作家大于作品——或者说，只有把作家与作品融在一起，才是最完整的作品呢？

原来故居也是他作品的一部分。

我们多么需要这个故居！

没有故居，一切都会变得有限。

于是我想到了一个关于故居的话题——

一个伟人去了。他的精神、他的往事、他的气质、他独有的人生内容，除去留在他的作品里，还无形和无声地散布在生活过的空间里——这就是他的故居。故居也是他的一种创造，一种生活创造和精神创造。在这里，无处不曾掠过他的身影，吸附他包括呼吸在内的全部生命的声响，浸入他的精神细节。即使一部大部头的传记，也只能记录他人生历程的一个梗概；即使再详尽的记述，也只是记下那些可记述的一部分往事而已。活脱脱的他，依然可感和可知地留在他生活过的空间里，等待着你去感受、理解与发现。故居是有灵性的——这也是故居真正价值之所在。无怪乎世界上一切名城，都保存着一些名人故居，这不仅仅是为了提高城市的知名度，更不仅仅是为了旅游，尽管这两种作用都极大。它终极的意义是显示一个城市人文的高度与精神的深度。

我问卡尼欧馆长,为什么故居内陈设的巴尔扎克生前的物品不多?

他告诉我,巴尔扎克在这里生活了七年(1840—1847),此后他在巴黎市中心区买了一处房子,就搬到那里去了。但他只在那里生活了三年便患病辞世。他只活了五十一岁,肯定是被债务和写作压垮的。他死后,全部遗物都被妻子卖掉,而他那座房子也早已被拆除。卡尼欧说,他那些失落的遗物肯定还在什么人家里,但谁也无从得知。于是,巴尔扎克又留下一片空白——这可不是物质的空白,而是空荡荡的,充满了一种身后的苍凉。这样一来,把我们与这位一百多年前不幸的大师又拉近了一步。

这是唯有故居才能给我们的感受与启示。但是,我们的名人们呢?梁启超、李叔同、曹禺、茅盾、冰心、梁思成、艾青、赵丹、林风眠、梅兰芳、傅雷、聂耳等,他们的故居呢?有哪些已建成博物馆,哪些还在废置一旁,无人照看?

如果他们曾经生活过的空间被泯灭掉,那才是在人间真正地消失了呢。

1999.12.2

睡着的小城

从个人偏爱上说，与欧美那些充满现代文明精神、尽力把重心向未来移动的大城市比较，我更喜欢另一些终日浸在回忆中似的古朴如画的小城。每到一国，就要求主人带我去个小古城看看。比中友好协会主席冯斯说："你的想法不错。"就开车带我到了布鲁日。它在比利时的西北角，再往前车子就要扎进冰冷的多佛尔海峡了。

全部是几个世纪以来古色古香千姿百态的建筑，全部是小方砖或石子铺的路，全部是老牌号的店铺和旧格局的饭店旅舍。一座座被时光磨旧的雕像，永远把历史竖在人们眼前，而历史在这里并非死去。无论把目光投在街头巷尾，投在每一个爬满青苔的楼角、锈红的栏杆、幽暗的窗洞，还是走路的老妇人慢吞吞的影子上，都会觉得历史在这里停住，变成伦勃朗的画或是巴尔扎克外省生活小说的插图了。

看不见一座现代形式的高楼，看不见一根水泥电线杆，连戳在街头的邮筒也是上世纪的，沉甸甸生铁的，满是浮雕，涂着红漆。听不见麦当娜的歌和威猛乐队的强节奏的现代乐曲，一些十四、十五世纪教堂

◇冯先生自绘插图

的钟声散布在纯净得仿佛无尘的空气里，并混着阳光亮晶晶撒向河中。河水绝对也是五百年前留存至今，不信你撩开水面，下面准沉积着旧日公爵、匠人、卖花女和钟表匠的身影。

我们停了车，在那些旧巷中散步。一切保留得那么好，哪怕一盏街灯、一扇木门，上边的牌号数字还是早先的花体字。偶尔从街角拐来一辆旧式马车，一怔，真以为在梦里，细瞧车上坐着的却是游客。没一个游客大声喧哗，他们带着痴醉神情

享受着历史文化的魅力。脚步不觉放轻，好似怕把这沉睡的历史敲醒。车上一个穿牛仔裤的姑娘傲慢地扬着尖尖的肉感的小下巴，神态宛如侯爵小姐，她是不是进入幻想中某个历史故事的角色了？

由波兰北边波罗的海那边飞来避寒的海鸥尚未归去。和历史的画面相融的只有大自然。这群飞的海鸥，还有返青的森林，漂浮在河中的大天鹅，静静的云，都使这精意保留的历史变得一如往昔的生动和可信。

尽管它是比利时出名的旅游城市，但这里的市民却诗情画意地过着自己珍爱的朴素宁静的传统生活。他们在街头支着躺椅，把报纸盖在脸上晒太阳，用缠绕白线的小木梭织着精美绝伦而闻名欧洲的花边，用木桶木棒搅奶酪。饭店里很少点灯，桌上必放一支蜡烛和一盒火柴。客人吃饭时自己擦火柴点着。是他们拒绝现代文明，还是在现代文明大潮的冲击下，这样才能寻到心理的重心？在游客好奇的目光中他们那么自足自豪。究竟哪一种生存方式更好？是无所不能的电脑加上污染，还是辛勤的劳作加上安宁？

1987.7.16《今晚报》首发

意大利断想

一个东西方文化交流史的盲点深深吸引着我：丝绸之路的东端是中国，西端是意大利，这两端恰恰都是光辉灿烂的美术大国。通过这条世纪前就开通了的丝绸之路，东西方把他们各自拥有的布帛、香料、陶瓷、玻璃、玉石、牲畜等彼此交换；中国人制造丝绸的技术至迟在七世纪就已传到西西里，但为什么独独在美术方面却了无沟通？

我曾面对洛阳龙门石窟雕刻的那"北市香行社造像龛"一行小字发呆——在唐代，罗马的香料已被妇女作为时髦物品，为什么在这浩大的石窟内却找不到欧洲雕刻的直接影响？

在十六世纪，当米开朗琪罗等人叮叮当当地把他们的激情与想象凿进坚硬的石头，中国人早已告别石雕艺术的时代；如果马可·波罗把霍去病墓前那些怪异的石兽运一个回去，说不定意大利文艺复兴运动就会以另一景象出现。而当聚集在佛罗伦萨和威尼斯的画家们，用无与伦比的写实技术在画布上创造出一个个活生生的人物时，中国画家早就从写实走向写神，以幻化的水墨随心所欲地表达内心非凡的感受。当然，意大利画家也从未见到过这些中国画家的作品。直到十八世纪，郎世宁来到中国时，东西方艺术已全然是两个世界了。

比较而言，西方艺术家尊崇物质，东方更注重自己的精神情感。由此泛开而说，西方人一直努力把周围的一切一点点儿弄清楚，东方人却超乎物外，享受大我。一句话，西方人要驾驭物质，东方人要驾驭精神。经过十数个世纪，西方人把飞船开到月球，东方人仍在古老的大地上原地不动，精神却遨游天外。

东西方文化具有相悖性。

相悖，才各自拥有一个世界，自己的世界对于对方才是全新的。人类由于富有东西方相悖的两种文化，它才立体，它才完整。

最大和最完整的事物都是两极的占有。

现在看来,丝绸之路主要是一条贸易通道。对于文化,它只是在不自觉中交流了文化,而不是自觉交流了文化。

正因为如此,东西方艺术便在相互独立的状态中形成了自己的一套。幸亏如此!如果它们像现代社会这样在文化上互通有无,恐怕东西方文化早就变成一只黄老虎和一只白老虎了。

我联想到现在常常说到的"文化交流"这个概念,并为此担虑。文化交流与科技交流本质不同。科技交流为了取消差距,文化交流只能是为了加大区别。谁能够做到这些?

文化是有个性的。文化的全部价值都在自己的个性里。文化相异而并存,相同而共失。因此,文化交流不是抵消个性,而必须是强化个性。谁又能这样做?

可是,天下有多少明白人?弄不好最终这世界各处全都是清一色的文化"八宝饭",或者叫"文化的混血儿"。

与别人不同容易,与自己不同尤难。比如这三座同为意大利名城的罗马、佛罗伦萨和威尼斯——

罗马依旧有股子帝国气象。好似一头死了的狮子,犹然带着威猛的模样。这恐怕由于它一直保持原帝国都城的规模和格局，连同昔时的废墟亦兀自荒凉着，甚至那些古老建筑的碎块，遗落在地，绝不移动。原封不动才保住了历史的真实。从来没有人提出那种类似"修复圆明园"的又蠢又无知的主张。建设现代城市中心则另辟新区。对于一个城市的文化史来说，死去的罗马比活着的罗马还要神圣。

罗马的美，最好是在雨里看。到处的中世纪粗大笨重的断壁残垣在白茫茫雨雾中耸立着，那真是一种人间神话。我从斗兽场出来，赶上这样的大雨，小布伞快要被雨水浇塌，正在寻求逃避之路，陡然感到自己竟是站在历史里。那城角、券洞、一根根多里克或科林斯石柱、一座座坍塌了上千年的废墟，远远近近地包围着我；回头再看那斗兽场已经被雨幕遮掩得虚幻模糊，却无比巨大的隔天而立。一时分不清自己是在罗马的遗迹里还是在罗马的时代里。它肃穆、雄浑、庄严和神奇……这独特的感受是在世界任何地方都不曾得到的。古建筑不是死去的史迹，而是依然活着的历史的细胞。如果失去这些，我们从哪里才能感受真正的罗马的灵魂。

我痴迷地立着，任凭大雨淋浇，鞋子像灌满水的篓儿。

然而，这种罗马气象在佛罗伦萨就很难看到了。佛罗伦萨

◇罗马市区内到处可以见到的古罗马遗址

整座城市干脆说就是文艺复兴时期的象征。从乌菲齐博物馆二楼长廊上的小窗向外望去，阿尔诺河两岸连同那座廊式老桥的桥上，高高矮矮一律是文艺复兴时代红顶黄墙的小楼，在湛蓝湛蓝的天空与河水的对比下，明丽而古雅。比起罗马时代，它轻快而富于活力；比起后来的巴洛克时代，它又朴素和沉静。看上去，佛罗伦萨是拒绝现代的。也许由于文艺复兴时代迸发的人文精神仍是今天欧洲精神的支柱和源泉，它滔滔汩汩，奔涌不绝。人们既把它视为过去，也作为现在。佛罗伦萨是文化的百慕大，站在其中会丧失时间的概念。

◇佛罗伦萨城区

黄昏时在老街上散步。足跟敲地，好似叩打历史，回声响在苔痕斑驳的石墙上。还有一人的脚步声在街那边，扭头瞧，哎，那瘦瘦的穿长衣的男人是不是画圣母的波提切利？

比起罗马与佛罗伦萨，威尼斯散发着它独有的浪漫气质。这座在水上的城市，看上去像半身站在水里。那些古色古香建筑的倒影都被波浪摇碎，五彩缤纷地混在一起晃动着。入夜时，坐上一种尖头尖尾的名叫"贡多拉"的小船，由窄窄而光滑的水道穿街入巷，去欣赏这座婉转曲折的水城每一个诗意和画意的角落，不时会碰到一些年轻人，船头挂着灯，弹着吉他，唱着情歌，擦船而过。世界上所有傍河和临海的城市都有种开放的精神，何况这水中的威尼斯！在金碧辉煌的圣马可广场上，成千上万的鸽子中间有无数从海上飞来的长嘴的海鸥……

城市，不仅供人使用，它自身还有一种精神价值。这包括它的历史经历、人文积淀、文化气质和独有的美；它的色调、韵律、味道和空间境象；这一切构成一种实实在在的精神，这城市人的性格、爱好、习惯、追求、自尊，都包含其中。城市，既是一种实用的物质存在，也是一种高贵的精神存在。

你若把它视为一种精神，就会尊敬它，珍惜它，保卫它；你若把它仅仅视为一种物质，就会无度地使用它，任意地改造它，随心所欲地破坏它。一个城市的精神是无数代人创造积淀出来的。一旦被破坏，便再无回复的可能。失去了精神的城市该是什么样子？

我忽然想到今年年初到河南，同样跑了三座东方古城：郑州、洛阳和开封。

这三座古城对我诱惑久矣。谁想到一观其面，竟失望得达到深切的痛苦。

哪里还有什么"九朝古都""商城"和"大宋汴京"的气象，这分明是在内地常见的那种新兴城市。连老房子也多是本世纪失修的旧屋。郑州那条土夯的商代城墙，被挤在城市中间，好似一条废弃的河堤；从历史文化的眼光看，洛阳的白马寺差不多像个空庙；开封那花花绿绿新建的宋街呢？一条只有十年历史的如同影城中的仿古街道，能给人什么认识与感受？是一种自豪还是自卑感？

不要拒绝拿郑州、开封、洛阳去和罗马、佛罗伦萨、威尼斯相对照吧，我们这三座古城和中原文化曾经是何等的辉煌！

在梵蒂冈，最令我激动的不是《拉奥孔》与《摩西》，不是拉斐尔的《雅典学院》和达·芬奇的《圣徒彼得》，而是西斯廷教堂穹顶上那经过长长十二年修复后重现光辉的米开朗琪罗的壁画。

这人类历史上最伟大也最壮观的壁画，使西斯廷教堂成为解读神学和展示天国景象的圣殿。然而自从十六世纪的米开朗琪罗完成这幅壁画，历经五百年尘埃遮蔽、烛烟熏染，以及一次次修整时刷上去的防止剥落的亚麻油，这些有害物质使画面昏暗模糊，失去了往日的光彩。

从本世纪六十年代起，梵蒂冈博物馆的克拉路奇教授和他的助手将壁画拍摄成七千张照片，进行精密研究，并选择了两千个部分做了修复试验，终于确定方案，从1982年到1994年展开了本世纪最浩大的古代艺术的修复工程。终于使得米开朗琪罗以非凡的才华叙述的这个天国故事，好似拨云见日一般再现在人们的仰视之中。我们头一次如此透彻地读到了世间对神学的最权威和最动人的解释，也如此清晰地看到了米开朗琪罗出神入化的笔触。在此之前，谁能想到那画在高高穹顶上亚当的头部，竟然这样轻描淡写？而描绘《末日审判》中基督的脸颊，居然大笔挥洒，总共只用了三笔！倘若不是这次修复，我们怎能领略到这个艺术大师如此非凡才华的细节？

请注意，修缮西斯廷教堂壁画的原则，既非"整旧如新"，也非"整旧如旧"，而是一个新的目标：整旧如初。

整旧如新，即改变历史面貌地粉刷一新；整旧如旧，虽能保住历史原貌，但对那些残破的古物，只能无奈地顺从时光磨损，剥落不堪，面目不清；而整旧如初，才是真正回复到最初的也是最真实的面貌。

这种只有靠高科技才能达到的整旧如初，是古物修复的历史性进步。它终于实现了先人的梦想：复活历史。

可以相信，如今我们仰望西斯廷教堂穹顶的壁画时，就同1511年米开朗琪罗大功告成时的情景全然一样。

我们享受到了历史的艺术，也享受到了艺术的历史。

米兰也在以同样的目标修复举世闻名的达·芬奇的壁画《最后的晚餐》。这个将历时七年的修复工程是开放式的，使我们得以看到修复人员的工作方式。

由于达·芬奇当年作画时不断更换和试用新颜料,这幅壁画尚未完工就开始剥蚀,如今它已成为世界上残损最重的壁画之一。此刻,技术人员站在画前的铁架上,以每一平方厘米为单元精心修饰。粗看这些技术人员一动不动,好似静止;细看他们的动作缜密又紧张,犹如外科医生正在做开颅手术!

然而,说到最令我震动的,却不是在这些艺术的圣殿里,而是在街头——

居住在佛罗伦萨那天,晨起闲步,适逢一夜小雨,拂晓方歇,空气尤为清冽,鸟声也更明亮。此时,忽从高处掉下一块墙皮,恰有一位老人经过,拾起这墙皮。墙皮上似有彩绘花纹,老人抬头在那些古老的房子上寻找脱落处,待他找到了,便将墙皮恭恭正正立在这家门口,像是拾到这家掉落的一件贵重的东西。

我不禁想,如果这事发生在我们的城市里,谁会这样做?

我对一位朋友说起这事。当时我的情绪有些激动。我的朋友笑道:"你的精神是不是有点奢侈?"

我一怔,默然自问,却许久不得答案。

《天涯》1996年第2期首发

重光西斯廷

一座古老建筑，年深日久，斑驳剥落，面目不清，怎么办？古人的办法是推倒重建，或者添砖加瓦，换门换柱，壁画重绘，雕像重刻。这办法美其名曰"旧物重光"，实际上就是现在所说的整旧如新。

说老实话，古人对待事物，多以实用为目的，缺少文化观点。对于古迹，无论拆掉重建，还是涂抹一新，都是为了应用，完全不管其中历史文化的内涵。这种整旧如新的做法，由古至今，一直延续到近代。呜呼，几乎泯灭了地面上一切可见的历史！

及至近世，这观点才有了变化。人们从中觉醒，开始认识到古迹的残损斑驳，正是度月经年、历尽沧桑所致。这是一种历史的凭证，也像古迹本身一样不可复制。倘若将这斑驳的意味除去,谁还能证明它是古迹?而且这斑驳含混中,还有一种悠远的风韵。时间愈长久,韵味愈醇厚。它还是种独特的审美内容。

这看法引出一种整修古迹的新标准和新原则,就是"整旧如旧"。

在古代,较早运用这一标准的是古画揭裱,但在修复古迹方面却是直到近代才开始觉悟和启用的。

整旧如旧只加固古物的结构,使其牢固耐久,但对其古老面貌原封不动,甚至加倍珍惜那些具有历史感的痕迹与细节。这样,不仅古迹得以保护,历史也受到尊重,被摆到神圣而不可侵犯的位置。

整旧如旧原则的提出,并得到公认,表明人类终于以文明的方式对待自己的文明创造。

然而,意大利刚刚竣工不久的梵蒂冈西斯廷教堂壁画的整修工程,却进入了一个更高的境界。

画在小小的西斯廷教堂穹顶与墙壁上的壁画,是文艺复兴时期的艺术大师米开朗琪罗的传世名作。它完成于遥远的十六世纪初。五百年来,由于尘埃蒙蔽,烛烟熏染,再加上一次次整修时为了防止剥落而刷上去的亚麻油,日久变黄,画面早已昏暗不清。长久以来人们对这悬在顶上的天国图画,一半依靠想象。

梵蒂冈博物馆早在六十年代就开始对壁画进行探测。技术人员将画面分成七千余块拍摄下来,采用高科技手段精密研究,再选择两千个部位做修复试验,直到八十年代初才彻底弄清这

◇米开朗琪罗《创世记》(1508—1512年,局部)

举世闻名的壁画最初的模样,以及覆盖画面的那些有害物质的成分,最后才确定了修复方案。从1982年到1994年,进行了历时十二年本世纪最浩大的古代艺术的修复工程。

当1994年5月8日修复工程告竣,西斯廷教堂举行盛大弥撒作为庆典,人们仰望修复后的穹顶壁画时,都确信这色彩鲜丽、光芒四射的画面与当年米开朗琪罗完成它时全然一样!这人世间对神学最动人的解释,这彩色的天国故事,这形象的精神圣殿,重新焕发出巨大的理性的感染力。特别是人们第一次如此清晰地看到了米开朗琪罗出神入化的笔触,更为其冠绝古今的才华所倾倒。倘若不是这样的修复,谁能相信他所描绘的亚当的那个著名的头颅,竟然如此轻描淡写,一挥而就?而《末日审判》中基督那情绪沉郁的面颊,总共只用了三笔!

◇《西斯汀纳圣堂整修工程》视频资料

你会问，是谁复活了米开朗琪罗？

我想，只有用这一标准才能达到如此境界，那就是：整旧如初。

整旧如新是消灭历史，整旧如旧是保存历史，而整旧如初是回到历史原貌。然而这最艰难。一处古迹，历经千百年，谁知它最初的模样？这宛如从一张苍老的脸上去找回它逝去的青春。但对于高科技的现代已经不再是梦想了。

从最早的整旧如新，到后来的整旧如旧，直到当代的整旧如初，人类在如何对待自己的文明创造上，也在一步步前进。整旧如新是无视自己的历史文化，整旧如旧是懂得珍惜自己的历史文化，整旧如初才表现出人类对自己文明创造的无比自豪和崇仰。

人类的生活不仅是现实和未来，还有过去。一切属于历史的事物，都是人类的成果、收获、见证和永恒的财富。历史是神圣的，因为人类能够创造未来，却无法更改历史；历史又是活着的，因为它既影响未来，又充实和丰富着我们的现在。那么，整旧如初作为一种崇高的追求，正是可以满足人们这种具有理想境界的文明自享。

1997.12 首发

朝圣，去乌尔比诺

先要自我吹嘘地说一句：我们够勇敢的。

说这话的原因是，佩鲁贾可怕的地震刚刚过去半个月。两天前在威尼斯，韩美林约我在一所老房子里吃饭，忽然头顶上的大吊灯摇摆起来。不多时网上有了消息，是佩鲁贾的余震。看来，佩鲁贾还没度过危险期，可是我们还是执意要去挨近佩鲁贾的乌尔比诺。

对于乌尔比诺，比这更严重的是，还有一次比佩鲁贾更可怕的地震，也在不久之前。那次地震是在阿马特里切，距离乌尔比诺更近一些。在那次山摇地晃中，一个因发明意大利面酱汁而闻名于世的古镇被完全摧毁了。因此说，此次我们是带着一点冒险精神去往乌尔比诺的。为什么？因为乌尔比诺太有魅力了。它是一座中世纪的古城，一个文艺复兴史不能绕过的地方，而且整座古城都是人类文化遗产；更重要的是这里是伟大的画家拉斐尔的故乡，至今还保存着拉斐尔的故居。我对古代重要人物的故居情有独钟，因为故居总能给你一些特别的启示，一些与故居的主人生命相关的东西，这是你在其他地方很难看到和感受到的。可是很少有人去到乌尔比诺，因为山多路远，去其他任何地方也不顺路。单是在路上就得吃一点苦头，除非像我们有非去不可的决心。我们像信徒那样翻山越岭也要去——朝圣。

从博洛尼亚直接南下，渐渐便进入亚平宁山脉层层的皱褶里，走了很长又曲折的路，司机乏了，跑一阵子便要到休息站喝一小杯很稠的浓缩的咖啡，振奋一下自己。我不想多去描述跑山路的滋味，等到我也感到困乏之时，忽然看到树丛中一段褪了色的、苍老又厚实的城墙，我兴奋起来，知道乌尔比诺到了。车子停在一个高处，好像在半山上。下了车，首先出现在眼前的是块小小的广场，中央矗立着石绿色拉斐尔的铜像。他高高地站在一个雕刻精美的白色大理石的台座上，一手执画笔，

◇古城入口处的拉斐尔雕像

一手托着调色板，前额宽阔而发亮，目光专注向前，面孔英俊年轻。拉斐尔只活了三十七岁，他的雕像应该这样年轻。这尊雕像对面是一个小小的街口，走到街口一望，街面竟然直接倾斜向下。这条街至少二三百米，像滑梯那样伸延下去，地面铺着方形的小石块，由于历时久远，所有石块都像铁块那样乌黑锃亮。长街远远的尽头是一些老房子，看到的全是屋顶，原来乌尔比诺这座古城随山就势建在一个陡峭的山坡上。我们是从山上边向下进入这个古城的。

在这条又狭又长的古街中间靠右一边，有一座两层红砖小楼，窗框与门框镶着大理石，门上插着一对小小的意大利国旗，这便是我要来拜谒的拉斐尔故居了。1483年3月28日，伟大的拉斐尔就诞生在这座小楼里。这楼中有餐室、卧室、画室，一些古老的家具和生活物品，虽然极少是他家庭的遗物，多是公共机构和私人的捐赠，但都是他同时代（十五世纪）的老东西。其中一台烤肉机引起我的兴趣。烤肉的架子放在壁炉前，架子上串肉的铁杆是可以转动的，但不是用手摇动，而是通过链条连接到挂在墙上类似钟表的机械装置中。力量产生于一个很大的垂下来的石砣，好像挂钟的钟铊；它带动齿轮，通过链条来转动烤肉机。这台烤肉机是十五世纪乌尔比诺特有的厨房器具，它表明此地人在日常生活中已经聪明地采用机械物理了。

拉斐尔的父亲乔万尼·桑提是受雇于乌尔比诺公爵费德里科的"宫廷画家"。乔万尼的

◇拉斐尔故居坐落在这条小街上

画室就在家里，一些画师协助他工作。现在画室的墙上还挂着当时的一些作品。其中一幅是乔万尼画的《受难的圣塞巴斯蒂安》。画面饱满，色彩坚实，身上插满箭镞的塞巴斯蒂安人体结构非常准确，显示出他画技相当成熟与老到。他丰厚的收入使家庭的生活足够殷实。

拉斐尔长得英俊，天性聪慧，具有绘画的天分。这些潜质在父亲的画室里得到了滋育与发扬，他很小的时候就能给父亲当助手了，像莫扎特一样，是一个神童。

故居底层的一间屋子据说是拉斐尔的画室，粉刷得雪白的房间里空无一物，只在墙上有一幅一米多大的壁画，是少年拉斐尔与父亲合作的作品，画的是《圣母与圣子》。这件拉斐尔生平第一个作品——而且是原作——是故居引以为荣的"镇馆之宝"。壁画的画法还带着早期文艺复兴的一些特点：蛋彩的画

◇拉斐尔与父亲乔万尼合作的壁画《圣母与圣子》

法，一些轮廓采用勾线，不强调光影等等，这与他后来的厚重圆润的画法全然不同。圣母绾着头发，神情静谧安详，面露慈爱与温情；怀抱中熟睡的圣子娇嫩可爱。这些都鲜明地具有早期人文主义绘画的色彩，也显露出拉斐尔特有的宁静甜美的气质。这种气质让他日后在其擅长的圣母像中得到了淋漓尽致的发挥。若说表现女性的甜美、优雅、恬静和柔和，恐怕没有任何一个画家能够超越拉斐尔了。

在乌尔比诺要想更深地了解拉斐尔，就必须去公爵宫看看。

乌尔比诺公爵费德里科是文艺复兴时期不能绕开的一个人物。他原是一员武将，在乌尔比诺有说一不二的权力，然而他酷爱文化。他像美第奇那样，狂热地收藏古籍图书和绘画作品。他收藏的中世纪文献、神学典籍以及但丁和薄伽丘的全部作品，如今都成了梵蒂冈的宝藏；他珍爱的大批极其珍贵的油画珍藏，大多还保留在公爵宫中。如今这座收藏着大量艺术品、雄伟又壮丽的公爵宫，已经成为"乌尔比诺马尔凯国家美术馆"了。

我到公爵宫除了看画，还想体验一下少年拉斐尔当年在这里的感受。拉斐尔很小就常随父亲，即宫廷画师乔万尼到公爵宫来，受到这座城堡浓郁的文化与艺术氛围的熏陶。这种熏陶对小拉斐尔的气质与心灵十分重要。拉斐尔早年丧母，后来又失去父亲，公爵夫妇喜欢他的聪慧，一度收他为养子，叫他天天学习宫廷中种种烦琐又苛刻的规矩。然而，心中装满自由想象的拉斐尔，受不了宫中的繁文缛节。他脱身跑到佩鲁贾，跟随大名鼎鼎的佩鲁吉诺学画，从而走上艺术的飞黄腾达。

尽管如此，拉斐尔还是承恩受惠于乌尔比诺的。应该说，他身上高贵的文化气息和艺术视野都是公爵宫和乌尔比诺给的。这个神奇的地方给予他的是一种根性的滋育与陶冶，使他聪颖的天性里吸足了美的乳汁。如果拉斐尔出生在另一个环境里，那就会是另一个拉斐尔了。

关于乌尔比诺，我还要记下一笔的是：乌尔比诺是1998年被列入世界遗产名录的。联合国对它的评语很有意思："这个完整地保留中世纪历史的城市，缘于十六世纪以来的萧条和衰落而渐渐被遗忘。"由此我明白了关于遗产的一个规律：历史事物的保存常常有幸于被遗忘。可是一旦被发现，人们要做的是保护而不是"开发"。

2017.1

托斯卡纳的风光

欧洲有两个地区令我着迷，一个是奥地利萨尔茨堡州的湖区，一个是意大利佛罗伦萨周边的托斯卡纳。前者受惠于阿尔卑斯山，后者得益于亚平宁山。这两条纵横数百里的山脉都不乏崇山峻岭，但是到了这里忽然节奏放缓，化为一脉起伏舒缓的丘陵，就像一个性情强悍的男人，回到家，变得放松与温和了，再加上小溪、湖泊、丛林和草地，如同自己的妻儿，即刻生气勃勃地融合在一起，一种令人心旷神怡的美就生发出来了。

虽然我来到这里已初冬，但是眼睛看到的依然是秋天的风景。从地图上看，托斯卡纳与我国东北的沈阳在同等纬度上，沈阳前几天已经下雪了，但在托斯卡纳一带，户外穿一件舒服的棉布衬衫，外边再加一件粗布外套就足够了。

意大利温和的气候得益于它北部的大山。有一次我来意大利，乘坐飞机经过奥意边境时，从舷窗向下一看，白得照眼，不是白云，而是一片无边无际的雪山，如同雪海冰涛一般翻滚着，景象极其壮观。显然从北方过来的寒流全叫这一片高山——据说是阿尔卑斯山脉屏障般地挡住了。同时，这个国土狭长的国家又夹峙在东边的亚得里亚海和西边的地中海中间。从两边吹来的湿漉漉的风，似乎都聚在了这里。身在这个国家腹部的托斯卡纳，风吹在脸上也是舒适的。

阳光在丘陵地带是活的。它把起伏不平的山坡映照得阴阳相背。太阳在时间里行走，光线在山间时明时暗。当山这边一片绿幽幽阴暗下来，山那边一片变黄的树木忽然像照了灯光那样亮起来。这对于葡萄的生长是最适宜的环境。所以托斯卡纳的葡萄美酒叫本地人有了口福，也叫游人常常醉倒在这里。葡萄庄园随处可见。一排排矮矮的葡萄树，远远看像一排排不同颜色的线条，成横或竖画在坡地上，十分美丽。初冬的大地还没有褪尽秋色，却不像秋天那样满目金黄。在寒冷肃穆的岁末到来之前，它斑斓而谐调。深褐、中黄、土红、橄榄绿、普蓝、群青、葡萄紫、银灰……偶尔还夹着一点粉墙的白色和什么花的红色。我相信大自然是伟大的画家，大地是它的调色板。没想到初冬的大自然在托斯卡纳用了如此丰富又优雅的色彩，叫我耳边响起了维瓦尔第的《四季》。

丘陵地区的天空是宽阔的。然而，山林清晰的天际线常常被薄雾般的烟霭融化，打破这里天际线的还有一种很特别的黑柏树，这种树是意大利独有的，它像一把把黑色的剑，立在山坡上，雄峻峭拔，刺向天空，可是只要有黑柏树出现，那里多半有人居住。

我的车子在托斯卡纳的山野里绕来绕去，主要还是要去看一座座古城。

这片风光奇美的大地，也是人文历史悠久的土地。罗马时代、中世纪、文艺复兴像文化地层一样，一层层厚重地积淀在这里不少的古城里。这些古城像一些亮晶晶的碎钻石，散落在文艺复兴的"首部"佛罗伦萨的周围，它们都是一些神奇的地方，有各自独特的历史，在文艺复兴时期都闪耀过夺目的光彩，都产生过那个时代的巨星，都风光殊异。这个古城是米开朗琪罗、伽利略、波提切利的出生地，那个古镇是达·芬奇、但丁、普契尼、马基亚维利的故乡。更神奇的是，几百年过去，它们竟像古董一样没有改变，至少让你觉得它一成不变。

比如阿雷佐，站在这个小城中心的广场上，就像站在十四世纪的时光里。广场地上磨光磨薄的石板、风化而变细的石杆、外墙上壁画的残片、各种斑驳建筑的细节，触目皆是。夺走历史的如果不是人，单是岁月的消磨是很难毁灭的。比如小城中最著名的弗朗切斯卡的壁画《真十字架传奇》，就在古城中心的一座教堂中，这座名为圣弗朗西斯科的教堂建于中世纪，形制高古而奇异，外墙一棱一棱的，好像我国西部边塞的汉长城，反正今天的人绝想不出这种模样了。走进去置身其中，环视这

◇十四世纪的教堂

些画满房顶和四壁的气象古朴、典雅宁静、极其精美的宗教故事画，很像在敦煌莫高窟里的感觉。可是莫高窟明代以后在沙漠里被遗忘了六百年，直至二十世纪初才被发现，这教堂和壁画却是在这古城中心"被使用"了六百年，而且它并不是阿雷佐独有的。后来我在另一座古城圣吉米尼亚诺的市中心，也看到了几乎同样的一座画满壁画的苍老的教堂。这叫我感慨万端。

他们不嫌自己古老的文化"破"吗？

阿雷佐另一座值得骄傲的建筑是瓦萨里设计建造的券廊。瓦萨里是米开朗琪罗的学生，杰出的建筑师、雕塑家和理论家。"文艺复兴"这个词儿最初就是从他嘴里说出来的。他就生在阿雷佐。阿雷佐人对他引以为荣。他的故居现在还被完好地保留着。照我看，这个券廊与他为乌菲齐宫设计的券廊如出一辙，高耸而流畅，至今犹然。我来到阿雷佐这天，正赶上巡回于意大利各处的"古董市场"来到阿雷佐，"主战场"就在瓦萨里的券廊上。

我对逛古董市场的兴趣很大，在琳琅满目的各种古物中间，我放弃了一些上世纪来自中国的颇有价值的老瓷器、漆器和佛造像，从中选择了两种纯粹是托斯卡纳的老东西。一样是个木雕的画框。擅长绘画的托斯卡纳人对画框是十分考究的，木框雕得繁复又立体，卷叶形的花饰波浪一样翻来卷去，刀法极好。另一样是一对铁艺的壁灯架。它算不上古董，最多是旧物，但是很美，手工制作的花枝多情地绕在柱形的灯座上，从中可以领略到托斯卡纳的品位，而且它和这里的生活与风景十分谐调。最重要的是，上边彩绘的颜色一半剥落，而且锈迹斑斑。这东西要在中国，可能当作生活的弃物没人要，我却买下了它。这个卖家朝我露出善意的笑，很满意我欣赏他们这件老东西。

◇这个木雕镜框是十九世纪本地人制作的，镜框中的风景是托斯卡纳的田野

我买下它其实还有一种心意，因为它是托斯卡纳历史生命掉落的一根羽毛。它带着托斯卡纳本土的生命气息与美。我把它带回去，好长久地享受它。

更幸运的是，两天后我在托斯卡纳另一座古城的本土的陶器里，看到一个矮墩墩的装葡萄酒的陶瓶，上面的绘画一望就

◇被艺人画在酒罐上的当地风光

知是典型的托斯卡纳风光。它无疑出自本地艺人之手。他稚拙的笔法表现出来的对自己乡土的真情挚爱令人感动。

爱自己家乡的人是可爱的。于是我"请来"这样一个别致又可爱的彩绘陶瓶,拿回去放在我的书案上,插一束杂色的小花。

2017.1

泡在水里的威尼斯

在威尼斯，我总为那些数百年泡在水里的老房老屋担心，它们底层的砖石早已泡酥了，一层层薄砖粉化得像苏打饼干，那么淹在下边的房基呢？一定更糟糕，万一哪天顶不住，不就哗啦一下子坍塌到水里了？

威尼斯人听了，笑我的担心多余。一千多年来，听说哪所房子泡垮了？只有圣马可广场上那个钟楼在一百年前发生倾斜，重建过后就没事了，今天一如皇家卫兵那样笔直地挺立着。

其实威尼斯所有的房子并非建在水里，而是建在一片沼泽中间的滩地上。这一次，我乘飞机在威尼斯降落时向下望去，看到了这里地貌的奇观。大片的水域中间浮现着一块块滩地，此时正值深秋，滩上的草丛变得赤红。绿水红滩，景象奇丽夺目。威尼斯濒临亚得里亚海,但这里的水却不是纯粹的海水,它一部分是来自内陆许多河流的淡水,咸涩的海水与清新的淡水交融在一起,再被天然的沙坝阻截,渐渐形成了一片世界上面积最大的潟湖。在这种又咸又淡的潟湖里很少有生物,只有一种淡银色的尖头小鱼。二十年前我在盛产手织花边的彩色岛上,蹲在水边看人钓鱼,但这种鱼不能吃,人们只是钓着玩,每每钓上来便摘下钩,扔回到水里。威尼斯的海鸥和水鸟很多,大概在这个水城中到处可以找到食物,它们都吃得很肥。有一种白肚皮、灰背的大鸟像小猫一般,很足实,有点吓人,其实它们胆子很小,你的手一伸过去,它们就飞跑了。

古代威尼斯人就在这潟湖中的滩地上砸下密密实实的木桩,中间填上沙砾,上边铺一种又厚又大的石板。这些石板是经亚得里亚海从斯洛文尼亚那边的伊斯特拉运来的,这种石头的防水性能极好,几层石块铺好后,再在上边叠砖架屋,当然坚实可靠。不知这主意最初是哪个聪明的人想出来的。历史总是把伟大的普通人忘记,威尼斯却受益于这个水中建房的高招,直到今天。

潟湖受大海潮汐的影响,每天都会涨潮落潮。涨潮时所有房子像站在水里。威尼斯有一百多个建满房屋的岛屿，四百多座连接岛屿的大大小小、各式各样的桥梁。绝大多数房子的正门开在岛上陆地的一边，后边是临水的私家小码头。在威尼斯如果想走近道，就得上桥下桥，穿街入巷，很吃力；如果想省腿脚，便乘船渡水过河。河道大多很狭，像水上的胡同，船身必须细长才好穿行。桥洞又低，不能有船篷，所以这里独特的风光是那种月牙式两头翘起的优美的小舟贡多拉。蜿蜒幽深的水道，插在老屋前各式各样的拴船的杆子，这一切都五光十色地倒映在波光潋滟之中，水光摇曳，影如梦幻，变化无穷，入夜后灯光再加入其中，无处不叫你感到新奇。

◎贡多拉

威尼斯这种世上唯一的奇特的风光，自古以来就为画家所痴迷。在古代欧洲的风景画中，"威尼斯风景"恐怕是最多的了。数百年来一直有大批画家聚在这里，从十六世纪文艺复兴时期的威尼斯画派到今天的国际性的"双年展"。

◇卡纳莱托《从威尼斯广场观圣马可船坞》（1740年，米兰布雷拉美术馆藏）

不过，对于这个最初是靠水陆交通与商贸发达起来的城市，商人比画家多，而且个个比莎士比亚笔下的商人厉害。一个导游告诉我，一次他带一个旅游团来威尼斯，他对团中的游客们说，你们买东西时可得留点儿心，别叫威尼斯的商人忽悠了。

在游客们分别去购物后集合起来时,他发现一个游客买的皮包买贵了,就说你这包花的钱多了,质量也差。这游客听了就要去退货,导游说你退不成,这里的商人厉害着呢。游客非去不可,拦不住他,就去了。可是不多时这游客笑嘻嘻地跑回来,手里提着两个同样的皮包。他不但没退成,反叫威尼斯商人忽悠得又多买了一个。

六百年前,马可·波罗从这里去中国,他就是随着爷爷到东方经商去的。我一直认为他们是经过丝绸之路"走"到中国的,至少走了其中一段。

这一次,我听说威尼斯城中还保存着马可·波罗的故居,很兴奋,但找起来可真难,穿街入巷一直跑了一二十条街,上下十多座桥,再穿过一个低矮的街洞才找到。街口两边各一座房子,一边是马可·波罗出生的小楼,一边是他家经商的办事楼。虽然里边已经找不到任何遗物,房子却依然完好,如今底层都改作小饭店了。这里的人以马可·波罗为自豪。尽管一些苛刻的学者还在怀疑《中国游记》的真实性,威尼斯的老百姓却坚信马可·波罗去过中国,并把面条、饼、饺子带到意大利来,变成了意大利面和比萨。有趣的是,他们的饺子变作四方

◇马可·波罗出生的房子,六百年完好如初

形的了,好像火柴盒,模样虽然有点怪,可是外边有皮,里边有馅,说是饺子也不为过。他们肯定没把中国妇女包饺子的手艺学去。我第一次听到这个关于"中意交流"的奇谈,觉得好笑中也有三分可信。想想看,除去意大利,欧洲哪里还有这种食物?历史有时永远没有结论。反正马可·波罗的游记让西方人对遥远的东方燃起了兴趣,甚至促使了哥伦布渡海西行,寻找中国,可是船头跑偏,一下子发现了美洲"新大陆"。

如今的威尼斯不再是意大利的商贸枢纽,但它的文化留了下来。其实人类的很多文化都是不经意创造出来的,在应用它时并不知其中的意义。时过境迁之后，文化的价值才渐渐显现出来。这就要看你是否能够认知它的价值了。

威尼斯曾被我们称作"西方的苏州"。威尼斯整座城市于1987年列入世界文化遗产名录，苏州却因为被我们自己破坏而名落孙山。

在旅游已成为当代人主要消费方式之一而日益"猖獗"的今天，威尼斯人很清醒，没有把自己的主要力气花在旅游上，而是用在保持自己城市的品位和历史的原真性上。城市的所有建筑不能随意改建，不能改变原貌乃至"百孔千疮"的外墙苍老的历史感，如果必须修缮则要经过专家认定。凡专家确认的，政府出资百分之七十。保护不是做做样子，而是做好每一个细节。比方他们给住房安装的电子门铃，在设计风格上与斑驳的老墙很谐调，高雅又现代。这使我想起德国一个民间的历史建筑保护组织曾经请我去演讲。这个

◇装在老房子上的现代门铃

组织的名字叫作"小心翼翼地修改城市"。"小心"二字中包含着对城市的历史文明多么至诚的虔敬！不像我们经常喊的那个词儿"保护性开发"——说到底还是要开发，保护不过是个挡箭牌。反正我们现在挺有钱，想开发还不是手到擒来？

据说曾经我们南方某城一位女市长访问威尼斯，听说威尼斯不能走汽车，也不能骑自行车，感到不方便。一问方知，原来威尼斯是一座小岛组合的城市，无法行车。这位市长问："为什么不把它们连起来呢？"主人说："不行，我们做不到。"意思是这是历史遗产，不能改变。我们这位去访问的市长听了财大气粗地说："这个——我们能做到！"把人家吓了一跳。

现在的威尼斯也面临着旅游的压力，总共不到八平方公里的城区内，每年有两千多万名游客。在旅游旺季，大街小巷、院里院外，到处都是举着相机和手机拍照的游客。有时出门走路都困难。你和原住民一聊游客，他们就皱眉摇头。在他们眼里游客就像大群大群候鸟，一年一度来一次，一来就闹得天翻地覆。现在住在城中的本土年轻人愈来愈少，老人们依恋着与自己生命记忆融为一体的老房子，所以留在这里。可是老人总要离去，关键是怎么把年轻人留在本土。

当地的做法挺有趣。比方划贡多拉小船的船夫，绝对不允许外地人来干。自古贡多拉船夫都是传男不传女，今天依然如此。如今站在船头戴着皮帽、穿着紧身衣、随口唱一首当地民歌的结实又爽快的船夫，都是地道的威尼斯人。至于制作本地彩色玻璃、手织花边和面具的当地艺人，也依然在一些岛上的作坊施展他们的古艺。还有威尼斯那些重要的博物馆和美术馆更叫他们奉若神明。不少人来威尼斯就是要到学院博物馆看乔尔乔内的《暴风雨》和卡列拉的粉画《少女像》，要到公爵府大议会厅去看韦罗内塞那幅世界上最大的油画。历史是要不断更迭的，但只要精髓还在就好。

虽然威尼斯不担心房子泡垮，却担心整座城市的下陷。城市的下陷是由地球变暖、海平面上升造成的。现在每年平均下陷一厘米多。一百年就是一米多。它会不会有一天陷到海平面以下，成为一座水下的城市？这可怕的事情虽然不会在我们这个时代发生，我们这个时代的人却要为此担忧，设法阻止。历史要延续，遗产要留给后人。这是文明的思维。

2017.1

如梦的瓦豪

从奥地利归来,我问妻子同昭:"你说奥地利哪个地方最美?你别想,马上回答。"

"瓦豪!"她立即叫道,像抢答。急切的口气中有种难耐的冲动,睁大的眼睛似乎询问我是否同意。

我笑而不答。还用说吗?世界上还有哪个地方比瓦豪更美、更像画、更诗意、更迷人?

要想得到瓦豪的精髓,必须把车子开出维也纳,向西直到奥州的马尔克,然后掉转车头再往回开,便一头扎进这个名叫瓦豪、延绵四十公里、优美出奇的多瑙河峡谷了。

我不想为你描写它,只想叫你去感受它。

试想想,你驱车驶入这图画般的峡谷,公路平滑如镜,行车极畅,简直像在贴地飞行。你右侧是绿茵草地,野花烂漫,一片鲜黄、一片艳红、一片耀眼的紫夹白,不停地变换颜色,缤纷地扫过你的眼帘。隔过这彩色地带便是多瑙河。你看那河水真的那么蓝,比天空的颜色还深还纯,而且光亮、充沛、溢满,仿佛与公路在同一水平线上。这时,倘若你车头一转,穿过花地,保准会化为多瑙河上一只凌波弄浪的轻舟……当然,你若仍然驱车前行,河对岸与你左侧都是浓林覆盖的群山。大大小小、红白尖顶的精巧小楼散落其间,它们是在这儿享受风光还是点缀风光?

点缀风光的是它们,享受风光的是你。

山巅极处,不时出现一座黑黝黝废弃的古堡,你是不是想起了中世纪骑士时代那些瑰丽神奇的传说?当你仰望群山,更觉得人在峡谷中穿行,还像在长长的无与伦比的巨型画卷中穿行。你也许会叫起来:我要是一位画家多好啊!可这时你打开录音机——你的奥地利朋友为你准备了施特劳斯关于多瑙河的音乐。你忽然觉得眼前的画面全变成了音乐中的景象。这一切不属于绘画,只属于音乐。那《蓝色的多瑙河》并不是施特劳斯创作的,多瑙河原本就是这种节拍、这种旋律、这种美。你现在不是在那乐曲的五线谱上飞驰吗?……

一路上,各种小村小镇一晃而过。它们古朴幽雅、小巧玲珑、千姿百态,招你喜欢。但你不要停留,只管向前,一直到达多瑙河的转弯处,那个依山傍水的古镇杜尔斯坦因才是你必须驻足、慢慢流连的地方。

你从低矮的古城门洞钻进去,就像钻进了遥远的历史,纵横几条小街,弯弯曲曲、忽高忽低,白色或褐色的老屋意趣盎然,所有东西看上去都朴拙而笨重,这景象多像古代的木版插图!如果你怀古情思浓重,更能得到极大的满足。这镇上的居

◇古藤在老墙上描绘的图画

民依然像他们数百年前的祖先那样生活。他们用干花或干果装饰临街的门窗，爱穿民族服装，依旧使用传统手法和燃料烤制面包，喝那种五百年前瓦豪人就引以为豪的家乡葡萄酒。而你在街上绝看不到霓虹灯、广告、电视天线，听不到现代音乐，一切都和谐、洁净、鲜亮、古朴与安宁，每个街角都可以摄入镜头。他们深知自己的财富是山光水色与历史文化，他们写在房子上的建造年代令你惊讶，因为早在1972年他们就庆祝过这个古镇一千年的历史……现实可以不断创新，历史却无法重复。但杜尔斯坦因人告诉你，历史是可以保留住的，只要你珍惜它。

珍惜才是最极致的爱。于是，你相信，它由来如此，永远也如此。

杜尔斯坦因有两处出名的胜地，一处是普法尔教堂，它建造于1725年，被称作"奥地利巴洛克建筑艺术的明珠"。这座伫立在多瑙河岸边峭壁上的淡蓝色的教堂，在阳光明媚时，金碧辉煌，无上华美，大概只有皇宫可比。另一处则是后山极顶上一座骑士堡的废墟，你仰望它，高耸险峻，那些断壁残垣依然显示着当年不可一世的雄风。一定有人告诉你，攀上古堡，可以看到多瑙河纵贯峡谷的全貌、满山遍野葡萄梯田的美景及对

◇蓝色的教堂是瓦豪独有的

◇有的花放在墙外边

岸高特维格修道院远远的丽姿秀容,但我劝你还是多在这古雅的小镇里漫步细游,赏看每一盏街灯、每一道花栏、每一处残留在墙上的壁画;倘若一个镇上的姑娘回家,从怀里掏出一个老式的特大钥匙,插进那大木门黑黑的钥匙孔中,哗啦哗啦转动几下一推,你赶紧伸头看去,天啊,多美!这里家家都像一个古老的乡村生活的博物馆啊……

　　一只白鹳站在它筑的屋顶的大巢上四处观望;老妇人在那种剧场包厢似的晾台上,用藤杆打松晒暖的被子,徐徐的风还把她插在窗框上、用彩纸折制的风车吹得轻轻旋转;几个汉子喝足了葡萄酒,伏案睡着了,一群麻雀在他们脸旁跳来跳去,争食案上的面包碎屑,还有一只麻雀站在酒瓶口,努力想把脑袋伸进酒瓶,它也想一醉方休?

　　倘若你离去时,天已黄昏,小街上阴影重重,空气却清澄透明，带着河水的蓝色与森林的气息。一盏盏灯、一面面窗子亮起来，金黄耀目，更添宁静。你说你愿意离去吗？

同昭说，我童年就梦想到这样一个地方，它和我梦想的完全一样。

如梦之地，必然是人间最美的地方。

1993.9.11《宁波日报》首发

收藏家园

在现代经济大潮的冲击下,我们正在被迫地与传统告别,我们生活的家园正在发生突变,那么对传统的记忆将保留在哪里?

始自二十世纪六十年代,人们愈来愈注意城市中历史街区的保护。如今,每一座有历史和文化价值的建筑的拆除都会引起争议。可是那些散布在辽阔而边远的山山水水之间的乡村呢?那里才是原原本本地保存农耕文明的地方!但那里也在变化。而且农村中历史文明的流失要比城市快得多!

近几年,在中国也有人开始注目于古村镇了。但大都只是从建筑上去欣赏那些富有人家精良与讲究的家居,而不是从人类文化学的角度,全面地关注一个个地区风情各异的农耕社会的人文。在晋中地区一座座豪门宅院被细心收拾、精心包装、推到旅游热线上的同时，真正的农耕家园及其种种生活形态却在迅速地消泯，这就使我特别关注西方的乡村博物馆。由于这种整体表现乡村生活的博物馆都是露天的，所以又叫作露天博物馆。

欧洲最早的露天博物馆建于1891年，在斯堪的纳维亚。奥地利最早的露天博物馆始建于工业化和现代化如狼似虎的二十世纪六七十年代，其中最大的一座就在萨尔茨堡，占地五十公顷。

支持建造萨尔茨堡露天博物馆的是一位名叫迈尔·梅恩霍夫的男爵。他依照奥地利惯常的做法，只收取一个先令的象征性租金，实际上将这片辽阔的土地无偿地捐给了将使后世受益无穷的纯文化事业。

在一片林木葱茏的山野间，展开一座非常宽大的乡村门楼。木片搭成的屋顶被一排排石块压着。穿过这门楼，立刻觉得进入了至少一二百年以前的时光隧道里。农场、树林、栅栏、村路、路牌，以及相隔很远、形态各异的村舍。房后是马棚与粮仓，房前的草地上放着各色农具，窗口和阳台上全是鲜花。怎

◇ 蜂房

◇ 木鸟

么没有人呢？那些老汉、农妇和孩子们呢？是不是都到教堂做礼拜去了？阳光把大片大片的草地照耀得青翠夺目，还将一块云影停在前边的路上。这种感觉又古朴又纯净，充溢着田园的诗意。

在这座博物馆里展示的，是整个萨尔茨堡三十五个行政区——弗拉赫区、频兹区、龙高区、铁能区和彭高区等各不相同的乡村景象与生活形态。因此，在这里至少可以看到二十多种花样不同的栅栏和上百种款式各异的乡村老屋。

最古老的一座木楼，来自弗歇尔湖区。经专家考证，它是在遥远的1666年建造的。记得前几天，我在湖区岸边的山坡上也见过这样一座黑黝黝的老屋。据说那是整个湖区最老的房子，建于十七世纪，现在再加上这一座，世界上这样的老木屋大概只剩下这两座了。它们虽然历经三百五十年，仍然坚如碉堡。整座房屋没用一根钉子。屋上的瓦片与屋中的上下管道全是木制的，是一座名副其实的木屋。至今屋内仍然可以闻到醉人的木头的香气。

住在这种房子里的村民自古以来的习惯，是在屋前开辟一个小小的花园。自己喜欢吃什么蔬菜就种什么。自然还会种些鲜花、果子和草药。

有趣的是这种房子的中间都是一条宽宽的走廊。左边住着老人，右边是年轻人。厨房也是两个，老少两辈各用一个。老人与年轻人的口味总是不同。老人不喜油腻，年轻人爱吃肉，所以两代人不宜共用一厨。按照这里的规矩，孩子长大成家之后，两代人的住房就要分开。虽在一座房内，但各用一半。年轻人获得了一半房屋，却必须保证老人的生活。牛奶呀、肉呀、面包呀，一样不能少。他们要签合同，还要把合同内容写在遗

◇躺在老床上，就如同躺在艺术品上

嘱上，如果不遵守合同，在老人百年之后，晚辈是不会得到整座房子的。现在，我们站在走廊上，左边看看老人的住房，右边看看年轻人的住房——我们就会深刻地了解这里的乡人所信守的家庭的准则。

表面看来普普通通的木屋，在建造上却有许多讲究。比方，粮仓四壁木头衔接之处总要留些缝隙，或者故意保留木孔，以使空气流通。再比方，住房与粮仓要保持一定距离，唯恐失火，相互殃及。再比方，贵重的东西都要藏在住房之外的什么地方，也是为了防止意外。像弗歇尔湖边的这座古屋，是将马棚与住房连在一起的。这是因为马在当时的生活中是最贵重的财产。后来马的价值没有那么高了，马棚与住房也就分开了。

每一座房子都有自己的特征与细节，并与那里的生活方式紧密相关。它是当地人文最直观的表现。比方怎么熏肉，怎么晾草，怎么防盗，怎么养鸡，怎么御寒，怎么向神祈祷，怎么与大自然里的鸟儿们保持亲密的关系。从这些来自不同地区的老房子，可以广泛读出各地既独特又魅力无穷的历史人文。

一座从许维尔搬来的老式的木教堂，一座建于1891年的小学校，一个来自彭高区的铁匠铺，都是那里乡村生活的一个侧面。由于它保存着原先的格局与里边所有的器物，它能够使我们从中对过往的生活产生无穷的联想。

我对其中一间小小的杂货店很感兴趣。里边的小货架上摆满了花花绿绿的日用商品。面包、啤酒、杯子、蜡烛、肥皂、牛奶、咖啡、针线、扣子、香料、药物、土布、麻袋、烟叶以及家中的小摆饰，还有养蜂、挤奶、编织、做饭等使用的工具。再有便是宗教用品、儿童玩具和民间乐器等。单是这日用百货不就把过去的乡人与山民的生活全部丰盈而鲜活地表现出来了吗？

◇乡间的小杂货店，一切依旧，风韵犹在

在一间老屋里正放映一个描述昔日乡村生活的短片，其中有些镜头记录着这个杂货店先前使用时的景象：逢到周日，农民们去教堂做祈祷之前，先到这个杂货店，把要买的东西的单子交给老板，等做完祈祷回来时，再来这杂货店付钱取东西。令人惊奇的是，当年小杂货店中的一切现在全都完好地保留着。

墙上的广告，桌上记账的本子与台秤，一样都不少。如果不是对文化的钟爱，对历史的忠实，能做得如此巨细无遗吗？

我对博物馆的馆长说："在一种生活将成为历史时，最容易丢失。我们的工作是尽力地保留它。"

馆长点头，表示非常同意。他告诉我，他们已经将萨尔茨堡州许多农村做了全面调查，把所有有价值的东西都记在了电脑上，并死死盯住这些东西。一旦有机会和有了钱，就会把它们搬到这儿来。

我忽有一种奇特的想法，真想把他请到中国来——引进他们的思想与经验，建一个这样的博物馆。我们风情各异的古村落正在急速消失，但我们至今一个收藏家园的博物馆也没有！

2003.7.16

一先令的古堡

无论在国内还是在国外,我最爱看古代的房子,一位朋友便开车把我带到巴登以南二十公里远的地方,地名叫作马尔克特。这是座历史久远的小村,上世纪一些毕德迈耶画派的画家曾集聚在此。村内地势低陷,又称作"毕德迈耶沟"。

一入村口,迎面一座古屋闯入眼帘。石砌的外墙,历久变黄,依然坚实。门檐窗口都是石雕花纹,精致优美,很少巴洛克式的华美,更多则是哥特式的稳重,极有韵味。不巧的是,看房子的人带着钥匙走了,只好扒窗向里观望。屋内空寥无人,是座空楼,一切陈设皆如昔时:酒柜、餐桌、座钟、吊灯、台球桌等,都是古董;毛地毯和护壁纸的图案也是古色古香,尤其是立在屋角的几个陶瓷壁炉,古朴优雅,应是十八世纪以前的器物。我看得激动起来，叫着："如果叫我住在里面，哪儿也不去了！"

我的朋友说："在奥地利这种房子很多，政府常出售，有时一个先令就能买到，还带着室内全部东西。"

一个先令兑换一块人民币。我哈哈大笑，笑他信口胡言，不着边际。他却认真地说："你想买吗？你买得起，只怕你修不起。"

我甚不解。但五天后，一切都明白了。

那是从"佩尔勒山包"下来，奔往阿尔湖途中，应邀参加一位电影发行人的家庭晚宴。地名很怪，叫鹰岩宫，没人悟出个中含义，该是个古怪的地方吧！

待我找到这地方，便像走进一幅画中。一片疏阔林间，耸立着一座中世纪古堡式的楼宇，深灰色筒形的墙面上高低错落着许多窄长窗子，上端伸出许多帽状尖顶，像一大串巨型蜡烛。它实在太美！很像一种女人，吸引着你渴望走入她的心间。面对这美丽的古屋，我幻想着它春夏秋冬四时不同的迷人景象……这时，那位电影发行人，也就是这古屋的女主人，已经站在门口招呼我们了……

◇这样的古堡几乎布满了奥地利

头一次认识她是在我的画展上,她像位职业妇女,这次见她俨然一位贵族女人。黑色头发松松绾起,黑色衣裙松松垂下,虽无珠光宝气,却有一种高贵气质,与她的古堡气息相合。尤其晚餐时,她不厌其烦地摆出一套又一套华丽精美的餐具,餐具的花纹与餐纸的图案相配套,如此讲究与配套,分明带着旧贵族的生活遗风。这就引起了我对她的家世做出种种猜测。

她带领我们参观所有房间,恍然走入昔日的豪门。一切家具陈设无不散发古代风韵,挂满墙壁的油画由于年深日久而格外动人,所有细小部件,哪怕一个帘钩、一个门把、一个钉子,都是历史的细节,只有那一扇扇窄长的窗框外的风景是明丽又鲜活的,大自然永远长生不老。女主人说,这原是列支敦士登一位大公的情妇的居所，已有二百年历史。她前年才买下这座古堡，装修已经半年，还远远没有结束。在奥地利买这种古堡很便宜，和白送差不多，但装修必须像修缮古物，不准破坏原貌，不准翻新，不准改造，只能加固和保养。花费的钱则难以数计。我这才明白一个先令买一座古堡的真正含义。她问我："你想来住几天吗？"

我说："当然愿意。人到未来容易，回到历史很难。住在这古堡里，就像夹在历史的某一页了。"

她听了高兴至极。她说，这里的每一件物品都可以在博物馆陈列。所以整修时必须非常严格，比如木器，只能打蜡，绝不能上漆。墙壁上古画的修补都是请专门的技术人员来做的。"不能让历史在我这里结束。"她表明观点。

她很有情调，也有格调。喜欢各种艺术和野生的奇花异木，尤其喜欢干花的花瓣，几乎每一张桌子上都放一个素白透明的玻璃缸，里边放上半缸干枯后却颜色犹存的花瓣碎屑。这给古屋平添了一种幽雅的情致。

晚餐后，女主人安排我们到客厅。由她丈夫——一位制作影视道具的以色列人，用自动风琴演奏莫扎特的钢琴曲。这种钢琴在一百年前的欧洲非常流行,它无须指弹,只要将一卷带孔的纸(实际是一支曲子)放入琴中,对好配器拉钮,两脚不断踏动踏板,美妙的乐曲就会飘飞出来。我们坐在昔时的高背雕花木椅上,端着英国细瓷茶杯,慢慢饮着浓香的咖啡,欣赏着男主人用古老的方式认真不苟演奏,恍惚间竟想到,时光会不会真能倒流七十年,回到那个列支敦士登大公的别宅?

◇由于年深日久,大部分古堡成了废墟或一种记忆

待清醒之后,我又想道,奥地利把这些古堡古屋交给珍惜它的人,此措施真是聪明又高明。一个民族的历史文化不管曾经怎样灿烂辉煌,它在无文化的后代手里只能断送,在有文化的后辈手中才能永远发光。

1993.10.31《文汇报》首发

辉煌的书巢

一个写书的人走进图书馆,好比飞鸟返回林间,亲切又温馨。然而,闻名世界的奥地利国家图书馆给我的感受,却远非如此。

看上去,它不像图书馆,倒更像一座古老而高贵的博物馆。尤其站在那巴洛克大厅拼花的大理石地面上,环顾四周,闯入眼帘的是繁美璀璨的壁饰、古色古香的地球仪和琳琅满目的历史人物的石雕像;四根参天大树般雪白光亮的石柱将这华盖般的屋顶举向高空。这屋顶又一层层渐渐向上延伸,每一层都绘满精致的天顶画,宛如教堂的穹顶。在顶端的一层,六扇椭圆形窗洞环绕一圈;均匀透入的光线,将最高处的壁画照射得清晰美丽。这些绘画都是用来美化这座图书馆创建者卡尔六世皇

◇奥地利国家图书馆内景

帝的。作者是著名的天顶画家达尼尔·格朗。他独出心裁地在天顶四周画了一圈回廊，廊内画着许多人物，还有一些人凭栏下望，使得整座大厅"危乎高哉"。大厅的设计者艾兰奇父子是奥地利建筑史上伟大的建筑师，他们设计这座图书馆是在十八世纪初期（1723—1735），正是艺术史上巴洛克风格风靡一时的时代。这座建筑不仅是艾兰奇父子的代表作，也是巴洛克建筑杰出的范例。整个大厅辉煌、豪华、流畅、典雅，而且制作得极其精良。达尼尔·格朗的绘画做了很好的配合，许多画面都明显遵循巴洛克大师鲁本斯的艺术精神。单从建筑上看，亦具有很高的历史与审美价值。

但注目再看，便会发现墙壁全是木质书架，摆满图书，上下两层，中间悬挂一道雕花木廊，使人能够取到上层书架的图书。厚厚的房门也安装了嵌入式书架。据说整个大厅陈放了二十万册图书！这些书都是历时久远的古籍，至少都有三百年以上的高龄，或者说都是图书世界的珍宝。磨旧的漆皮封面上，昔时的烫金字迹依旧熠熠闪光，古雅、深沉、神秘、高贵；这样一比，这些书绝不是华丽建筑的装饰，相反所有雕刻与绘画倒是这些罕世宝书的陪衬了。

奥地利哈布斯堡王朝的皇帝大公们，向例以收藏艺术品与图书为高尚的嗜好。如今珍藏在这里的善本（基督教福音），便是阿尔布莱希特三世于1368年亲自制订的。然而历代皇廷缺乏专门的图书馆，直到1722年卡尔六世执掌皇权，才开始建造这座永垂千古的巨型图书馆。

◇善本书

数百年来，这座图书馆的收藏与日俱增，这便逐渐侵占了相邻的奥古斯迪纳修道院和新皇宫。如今收藏品已超六百七十万件，成为世界上少有的几座最大的书巢之一。这些藏品包括

◇这里收藏的一幅水彩风景画(1650年),是关于纽约的最早的图画

自1500年至今的书籍、报刊、剧本以及各种著作的手稿,十四万件莎草纸稿和古羊皮纸书是极具价值的原始性书籍,八十三万张照片可以构成一部最为翔实又可视的历史。奥地利是音乐之国,对音乐视同生命,这里收藏的四万七千份缮写乐谱,有许多莫扎特、海顿和贝多芬的手稿,单说这些手稿,可以说每页都是一纸千金!我看到一张1650年美国纽约的铅笔水彩写生画。它诞生在美国建国之前,据说是至今仅见的纽约最早的图画了。奥地利地处欧洲腹地,被沿海的欧洲国家称为"山地之国",意含讥讽,视作闭守。但是这里却是世界上最大的地球仪收藏所,奥地利人似乎以此表达他们的视野与整个世界同等宽阔,他们是世界不容忽视的一页。

卡尔六世是位明智君主,在这座图书馆开馆之日,就提供给公众使用。历经几个世纪,始终是全奥图书信息的中心。如今它对全奥图书馆具有统领作用,建立图书数据库、书目编辑处、馆际图书互借处、图书馆工作人员培训处,并与世界各大图书馆进行工作交往,建立了国际图书交换中心。我在该馆试查自己作品被收藏的情况,共查到藏本六种,使我感觉这座地处欧洲内陆、皇宫深院的图书馆,已然广泛联系着整个世界过去与今天的文化。

1992年底一天的深夜,这座图书馆外部一处建筑电线走火,燃起屋顶,悄悄延烧过来,几近巴洛克大厅!幸亏发现及时,奋力扑救,幸免大难!这消息传出,当日从世界各地纷纷打来电话传来电报电传,询问灾情,到底受没受损失,就像询问自家亲人受难一样,其情真切感人。这使得图书馆工作人员至今谈起,仍感动不已。他们说:"这座图书馆不是奥地利的,是属于全人类的。我们在这里工作感到非常光荣!"

当人们有了全人类的观念,世界就会变得愈来愈好。

1997.12 首发

维也纳生活圆舞曲

清早醒来，不睁开眼，尽量用耳朵辨认天天叫醒我的这些家伙。单凭听力，我能准确地知道这些家伙所处的位置，是在窗前那株高大的七片叶树里边，还是远远地站在房脊和烟囱上。当然，我不知道这些家伙的名字。我的家乡绝没有这么多种奇奇怪怪又美妙的叫声，我的城市里只有麻雀。

有一种叫声宛如花腔女高音，婉转、嘹亮、悠长，变化无穷，它怎么能唱出如此丰富而不重复的音调？后来我在十四区博物馆听鸟儿们的录音时，才知道这家伙名叫 AMSEL（乌鸫）。它长得并不美。我在闭目倾听它的鸣唱时，把它想象得美若彩凤。其实它全身都是乌黑的羽毛，一个长长的黄嘴，好似一只小乌鸦叼着一支竹笛子。

我发现，闭上眼睛时，声音会变得特别清晰和富于形象。有一种叫声像是有人磕牙，另一种叫声好似老人叹息，声音沙哑又苍老，但它们总是在很远很远的地方。还有一种鸟叫得很像是猫叫。一天，它一边叫，一边从我的窗前飞过。我幻觉中出现了一只"飞的猫"。

一位奥国朋友称这种清晨时鸟儿们的合唱为"免费的音乐会"。参加这音乐会的还有远远近近教堂的钟声。我闭目时也能听出这些钟声来自哪座教堂。从远方传来的卡尔大教堂的钟声沉雄而又持久，来自后街上克罗利茨小教堂的钟声却清脆而透彻。小教堂钟声的加入，常常使这"免费音乐会"达到高潮。然而，每每在这个时候，从窗子会溜进来一股什么花香钻进我的鼻孔。

五月里的维也纳是"花天下"。

家家户户挂在窗外的长方形的花盆全都鲜花盛开，绚烂的颜色好像是这些家庭喷发出来的。许多商店用彩色的花缠绕在门框上，穿过这门就如同走进花的巢穴。按照惯例，城市公园年年都用鲜花装置起一座大表，表针走得很准，花儿组成的表盘年年都是全新的图案。今年,园艺家们别出心裁,还在公园东北角临街的一块高地上,用白玫瑰和冬青搭起一架芬芳的三角琴。于是,维也纳的灵魂:音乐与花,全教它表达出来了。

◇1993年的花表

古城依旧的维也纳，也很难找到一条笔直的路。车在这些弯弯曲曲又畅如流水的街道上跑着，两边的景物全像是突然冒出来的。或是一座宁静又精雅的房舍，或是几株像喷泉一样开满花朵的树，或是一个雕像……这是行驶在笔直的路上绝对没有的感受。而且，跑着跑着，很容易想起音乐来。在这个音乐之都中，最重要的并不是到处都有的音乐会、到处都有的音乐家雕像与故居，而是你随时随地都会无声地感受到音乐的存在。所以，勃拉姆斯说："在维也纳散步可要小心，别踩着地上的音符。"

有人说，真正的维也纳的音乐并不在金色大厅或歌剧院，而是在城郊的小酒馆里。当然，卡伦堡山下的那些知名的小酒店的乐手们过于迎合浅薄的旅游者的口味了。他们的音乐多少有点商业化。如果躲开这些旅游者跑到更远的一些乡村的"当年酒家"里坐一坐，便能够体会到真正的维也纳音乐。坐在长条的粗木凳上，一边饮着芳香四溢的当年酿造的葡萄酒——那种透明的发黏的纯紫色的葡萄酒更像是葡萄汁，一边咬着刚刚出炉、烫嘴、喷香而流油的烤猪排——那是一种差不多有二尺长很嫩的猪肋，忽然欢快的华尔兹在你耳边响起。扭头一看，一个满脸通红的老汉，满是硬胡楂的下巴夹着一把又小又老的提琴，在你身后起劲地拉着。他朝你挤着眼，希望你兴奋起来，尽快融入音乐。一条短尾巴的大黑狗已经围着他的双腿起劲地左转右转。整个酒店的目光都快活地抛向他。音乐，是撩动人们心情的"神仙的手指"。这才是维也纳灵魂之所在。

曾经疆土极其辽阔的奥匈帝国已然灰飞烟灭，它使得今天的奥地利人在心理上难以平衡。他们一边酸溜溜地感叹着往事不堪回首，一边又要矜持地守卫着昔日的高贵与尊严。这也是维也纳古城原貌得以保持的根由之一。至今，那些古老建筑依然刷着王公贵族所崇尚的牙黄色的涂料。奥地利人和意大利人在保护古城上的想法全然相反。意大利人绝对不把老墙刷新，让历史的沧桑感和岁月感斑斑驳驳地披在建筑上，他们为这种历史美陶醉和自豪，在罗马、佛罗伦萨、西耶那，连墙上的苔藓也不肯清除掉；但在奥地利，每隔一段时间建筑都要刷新一次。他们总想感受到昨日的辉煌。于是，在维也纳城中徜徉，真的会觉得时光倒流，曾经威风八面的哈布斯堡王朝恍惚还在——特别是背后响起旅游马车驶过时嘚嘚的蹄声。

在维也纳最没有改变的是它的节律。

看着维也纳人到处光着膀子躺在绿地中央睡大觉，或是在街头咖啡店一坐就是几个小时，或是开着车去到城外泡在湖中，无法想象他们怎么工作或靠什么活着。

如果计算走路的速度，日本人比奥地利人至少快五倍，美国人比奥地利人快七倍。全维也纳人走在大街上都像是散步。

有人说，是奥地利人太多的节日和宗教的红日稀释了他们的节奏。他们还没有从一个甜蜜的节日里清醒过来，又进入了下一个节日。

有人说，是奥地利健全的保险体制使他们毫无后顾之忧，同时奥地利的税制又不鼓励他们发大财。收入愈高，税也愈高，而且高得惊人，它叫你最终放弃了成为巨富与"世界百强"的狂想，选择温饱和放松。

然而，有人则说，归根到底还是奥地利人本性使然。这个温和的民族过于热爱生活，而他们把生活看作是由阳光、花朵、绿色、美食和音乐组成的。他们更愿意尽享这上天赐予的一切，而不想为了占有太多的身外之物而承受过大的负担。也许你会认为他们不思进取，不尚深刻，但他们却很满足自己拥有的蛮不错的现状。

所以，在维也纳绝对看不到华尔街上那种如狼似虎的表情，看不到纽约地铁中那种严峻与紧张；即使在市中心的商业街上，也看不到银座一带那种物欲横流与人声鼎沸。

懒散的、松弛的、悠闲的奥地利人呵！

还有人说，还应该看维也纳的另一面。他们拥有十七位诺贝尔奖的获奖者，有维特根斯坦、弗洛伊德和波普，他们都曾把人类的思考推向某一个极致。但是从社会的全景观看，不少思想者因为生活平淡和无聊而自杀。他们受不了维也纳天天一样的生活，他们酗酒，因此，在维也纳，许多醉汉在醒来之后都是思想家。

最消磨维也纳人的时光，又使他们难以摆脱的是咖啡。

五月里，维也纳大大小小的咖啡店都把咖啡座位搬到边道乃至街道中央。从日头高照支起阳伞的上午十时直到点上蜡烛的夜晚，那里总是有不少人。然而，维也纳的咖啡店看上去与巴黎的很不一样。巴黎人在咖啡店里好像总是前后左右挤在一起，在维也纳仿佛全都舒舒服服地坐在头等舱内。

传说，维也纳人的咖啡来自土耳其。有的说是十六世纪土耳其军队从维也纳逃跑时扔下两麻袋咖啡，从此咖啡传遍奥地利；有的说是一名亚美尼亚籍的奥地利间谍打进土耳其军队，目的是想弄明白土耳其士兵为什么一上阵就那么兴奋，最后获得一个极为重要的情报，就是他们喝了咖啡。

据说就是这位亚美尼亚籍的间谍，战后在维也纳开了第一家咖啡店。这家咖啡店早已无迹可寻，但维也纳三百年的咖啡文化却十分隽永而深厚。

还有一个传说。说五个旅游者到维也纳喝咖啡。维也纳的咖啡有三十六种。五个旅游者每人点了一种咖啡，都喝得很美。后来他们去到德国，在咖啡店里也是各点了一种咖啡，结果德国人端出来的咖啡却是一样的。

这个嘲笑德国人的故事在维也纳无人不知。维也纳很自豪他们咖啡种类的繁多。我最喜欢的是一种加奶沫的淡咖啡，名叫美朗士。然而，如果回到天津，坐在书桌前喝美朗士就完全不是滋味了。那就必须去到维也纳，与朋友散步间随便在一家街头咖啡店坐下，两腿一伸，让傍晚的清风吹进裤管，同时依着兴致，找一个话题聊起来，并时不时端起美朗士，把这种带着微微刺激和芳香的液体薄薄地浇在舌苔上。

维也纳奉行享乐主义。他们的享乐一半以上是享受大自然和艺术。所以，他们一定是唯美主义者。

在这一点上，维也纳人有点像日本人。他们精心打扮自己的家园，决不草率地对待任何一个角落和一个细节。维也纳是采用垃圾分类的城市，街道两旁常常放着一排六七个垃圾箱，箱盖的颜色不同，表明箱内的垃圾不同。有的是塑料，有的是金属，有的是生物，有的是玻璃……即使是玻璃，也要把有色的和无色透明的严格区分出来。维也纳人对生活的精细和精心由此可知。那些街头的花坛，很少同一种花种上一片，总是用许多不同种类和颜色的花精巧地搭配在一起。这也是他们的传统。世界上还有哪个城市墙面上的浮雕比维也纳多？从巴洛克到青年风格派，每一座建筑的墙面都是建筑师们随心所欲发挥想象力的画布。

维也纳是座唯美的城市。为此，维也纳人决不会随意毁坏它。支持维也纳人城市保护意识的理论，来自历史学家蓝柯的

◇墓地里的雕塑,连痛苦也是美的

那句名言:"从历史的原状认识历史。"欧洲人一向把自己的历史精神看得至高无上,因此他们不会把历史的遗物当作岁月的垃圾。

这座城市的所有街道几乎都是老街。铺路面的石块往往还是二百年前埋在那里的,如今有的已磨成亮光光的石蛋,有的布满裂痕,像一张张古怪的脸。所有老店都把自己一两个世纪前开张时的年号镶在墙上,愈古老愈荣耀。当老店易主转手他人时,也不会重新装修,因为古老的风格具有不可复制的历史气息。更不要说去干那种把老楼推倒重建的蠢事了。这种一二百年前的房子,都是小小的门、长长的走廊、四四方方的庭院和高深莫测的大房间,也都曾出现在茨威格的小说里。每一层楼的过道墙上都有一个水龙头和饰有花纹的生铁铸成的水盆,乃是昔时几家邻居共用的"上下水"。虽然早已废弃不用,却没有人把它拆卸下来。人们都知道——由于当年这里是女人们经常碰面和搬弄是非的地方,所以它有一个既生动又风趣的外号,叫"长舌妇"。

有的人家在"长舌妇"里边栽上一些红色或粉色的花。

维也纳是世界上标志最多的城市。这些标志大多是一种圆形小牌，把一些特殊的"规定"用形象的方式表达出来。

比方地铁车厢里那种指定的老弱病残的座位上，会有一排小圆牌，画着大肚子的孕妇、戴墨镜的盲人、拄拐的残疾人和凹胸凸背的老者。比如公园的进口处，往往也有许多小圆牌，用图像告诉人们不能骑车，不能遛狗，不能吓唬小鸟；下雨时不能站在树下，以防雷电攻击；对花粉过敏者要小心繁花怒放的地方。

维也纳对花的热爱带来的负面，是引发人们花粉过敏。每到春天，都有人在街头用手绢捂住鼻子，还止不住大声如吼地打喷嚏。因为花粉过敏无药可治。

如果细看，他们这些标志总带着一种对他人的关切。当然，还不止于对人。比如一些商店谢绝狗入内，就在门前画一只可怜兮兮的小狗，用狗的口气说："看来我只能待在这里了。"

它叫你感受到这个城市的人性与温情。

我第一次到维也纳，是参加IOV（国际民间艺术组织）的考察活动，那是1988年。接待我们的秘书长是一位致力于国际民间艺术交流的志愿者，名叫法格尔。他做过上奥州共产党的书记，1963年弃政从文，奔走于世界各地，他相信民间艺术的交流是人类最纯洁和本色的交流。他从四十多岁一直干到今天七十五岁，已经有一百四十多个国家的会员，各种民间艺术交流活动遍及全球，故而这个由他一手操办的纯民间团体被联合国认定为B级组织。但是他只能从政府那里得到一点很微薄的支持，其他经费全由自己一手运筹。穷困难支时，便掏自己的口袋。多年来，他已经把自己的房产卖掉搭进去了。

为此，我把他视为知己。无论世界任何地方，民间文化都在被无知地轻视着。民间文化事业是寂寞的，它的支持者都是虔诚的奉献者。

十五年来，我在世界不少地方开会时都和他碰在一起，从希腊、奥地利、匈牙利、波兰到中国。我还多次拜访设在维也纳郊外的IOV总部。十五年前他目光锐利、手势果断、行走挺劲的样子，依然鲜明地浮现在眼前，但如今他已是眼神迟疑、说话无力、双手下意识地不停抖着。我望着他，心里有点伤感。他的理想把他的精力掏空了。岁月对于他和他致力的民间文化都非常无情。他却犹然坚定地对我说：艺术与体育不一样。体育最终只承认第一,第一风光无限,第二就不那么重要了;但艺术是平等的,不同的文化艺术同样重要,相互不能替代,只有交流。

我说,文化交流最终的目的,不是为了一样,而是为了更不一样。

另一个让我感动的维也纳人是建筑师和画家百水。

有人说,二十世纪的建筑师中有两个怪人,都是一任天真,充满童真和奇特的想象。一位是西班牙的高迪,一位是奥地利的百水。他们的风格都是一望而知的。比如百水,建筑上的曲线、积木般的圆柱子、带表情的窗子、凹凸不平的地面等,都散发着他一无遮掩的个性。但百水更重要的意义是他视"环保"为天职。

2003年的维也纳之旅使我结识了一位在奥工作的中国女孩子,她曾与百水有过一段情谊真挚的交往。在我和她的交谈中,我一下子看到了百水的灵魂。

这个灵魂是绿色的、透明的,绝无任何杂质。

他平时喜欢在头上扣一顶彩色的小帽子，衣着随便，家里边一塌糊涂，走出门时，常常一只脚穿一种颜色的袜子。二十世纪六十年代他在一次演讲时，忽然把衣服脱下，当众赤裸。听众中有一位是女议员，这使当场的气氛很紧张。人们攻击这位放荡不羁的艺术家行为过分。但他说，他想表示人有五层皮肤。第一层是宇宙，第二层是大自然，第三层是空气，第四层是衣服，第五层才是皮肤。每一层都不能破坏。

也许百水是聪明的。他知道在媒体霸权的时代，他以这个"非常"的方式可以使人们记住他的思想：捍卫大自然！

由此，我理解到，他的作品全是他思想的工具——

他把垃圾处理厂设计得那么美丽，是因为这里可以完成垃圾的梦想——还原于生活；他设计的房子，要么到处是树木，有时屋顶还是一片绿意盈盈的小树林呢；要么就与大地混在一起，一部分房间干脆钻入地下。一种对大自然的亲切感让人感动。至于他常常把地面设计得凹凸不平，是想使人随时感到大地的生命韵律。

他画中那些年轮般环环相套的线条，象征着大自然的生命；那些螺旋状的柱子，象征生命的成长；那些葱头状的屋顶，象征生命所孕育的勃勃生机。他作画不用化学颜料，只用矿物质的颜料。他喜欢随心所欲地作画，就像大自然中的草木自由自在地生长。

他的艺术个性不就是他思想的个性吗？

尤其是在全球工业化和商品化的时代，他的思想与行为有着特殊和紧迫的意义。

1998年他在法国买了一处房子，看上去很像原始人的住所。没有人知道他买这个房子是为了什么。后来，他又在新西兰买了一处不大的农场。那片土地全然与世隔绝，一切生物都没有污染和破坏。他时时一个人裸体地生活在那里。这时人们才明白，百水想做一个纯粹的自然人。

他说："大自然给人最珍贵的东西是纯洁，人应该把纯洁还给它。"

2000年2月，他死在了异乡。死前他留下了遗嘱，说他要赤身裸体埋在他新西兰那块净土中。他要把自己纯洁地还给大自然。他身体力行地完成了自己的追求。虽然他的遗体远葬他乡，却把他终生经营的绿色的理想散布在维也纳的空气里了。

我在维也纳见过三个小小的"奇迹"——

第一,在市中心戒指路上那家著名的蓝特曼咖啡店,我与魏德大使夫人聊天。时时会有觅食的鸟儿从我们中间唰地飞过。它们每一次飞过,我们都会微笑一下。世界上什么地方还会有这般美妙的情景?

第二,我和朋友们在普拉呼塔餐馆吃水煮牛肉。当服务生将一瓶上好的葡萄酒斟入我的酒杯时,即刻有一只蜜蜂飞落在我的杯沿上。它金黄色球形的肚子一鼓一鼓,玻璃样的翅膀一张一合。世界上哪里还会有这样神奇的事情发生?

第三,一天出门散步。在我居所后边一条小街上停着一辆白色的小轿车。车后边装一个铁架子,上边放一个奥式的长条的花盆,里边金黄色的菊花正在盛开。世界上哪里的人会把鲜花装在车上,带着它到处奔跑?

只有维也纳。

◇背着花盆的汽车

◇皇宫的后门

维也纳是个生活的城市。但他们不是为生活而生活，而是为美为享受美而生活。他们的一切生活片段都可以转化为圆舞曲，所以才出现了圆舞曲之王施特劳斯。

如果说莫扎特是萨尔茨堡的灵魂，施特劳斯则是维也纳的灵魂。也许它不够深刻，但它把人类快乐而华丽的美推向了极致。

1995年奥地利政府决定与匈牙利合办世界博览会，并指定在空旷的多瑙河南岸开辟新区，像巴黎的拉德芳斯那样，兴建现代化的建筑场馆。但此举遭到维也纳人的反对。一种维也纳式的思维爆发了：我们生活得已经很好了，为什么还要拼命干？世博会一来，一定会扰乱我们的生活！故而举行全体市民的公投表决，最终还是把世博会否决掉了。

于是，维也纳依旧是鲜花、皇宫、老街、咖啡、施特劳斯的旋律和"免费的音乐会"。

如果你是维也纳人，你会选择怎样的生活？如果你不是维也纳人，你在这座世界文化名城里，愿意看到怎样的一种生活？

2003.9.10

百水的怪楼

凡是去维也纳的人,大都要到百水创建的怪楼看一看。这楼耸立在两条窄街交叉的拐角处。初看,好似孩子们用彩色积木堆垒成的,花花绿绿,奇形怪状,又雅趣盎然。不同颜色的墙面上,嵌着各种釉片与镜片,闪闪烁烁,一片光怪陆离之感。在世界任何地方,也看不到如此异样的建筑,单凭这一点,就足以引起人们的兴趣与好奇。

稍加细看,便会发现,人类有史以来各种建筑形式都被它囊括了。比如伊斯兰建筑的尖顶、阿拉伯建筑的柱头、印第安人的门洞、巴洛克式的阳台;欧洲不同时代的雕像站满这座怪楼的屋顶与墙头,最惹人注目的是米开朗琪罗的大卫像,它立在一个高高的楼角;而那种在伦敦街头最常见的红色电话亭也

◇浪漫和流动的精神

搬来了。这一切，都是零件、细节、符号，但放在一起并不使人感到杂乱无章，相反全都统一在百水这位艺术家强烈的个人风格里。

这风格，流畅、随意、天真、自然与幽默，富于表情，更富于想象。只有想象力才能达到独创性。这些百水的怪楼都无言地告诉我们了。据说，楼内每一间房屋，都是一个独自仅有的艺术空间。它是一座公寓。这些房间都分别租给不同的喜爱者。人称这座楼为"百水公寓"，唯有中国人叫它"怪楼"。

中国人习惯把一时不能接受的称之为"怪"，如怪人怪物怪事怪癖等。怪，可以聊备一格，也就可以容忍了。这表明中国文化的容纳力。

其实它并不怪。

因为百水不仅是一位建筑师，还是一位生态学者。他强烈地表现出西方生态学者对现代社会的深深忧虑，即人为的社会正在一天天使人远离大自然；在这种盲目的自我异化的过程中，生命正失去活脱脱的自由的本质，渐渐萎缩……他使用这座建筑表现回归自然的哲学理想。一是故意制造高低错落的屋顶，辟为绿地，栽花种树，招引鸟儿，使每一层楼的居住者都拥有大自然的一角；室内没有空调，温度使用自然的空气调节，也没有其他现代化的电器设备。二是在建筑美学上，打破一切原有的建筑模式，创造出一种不规则的、情绪化的、变化无常的审美风格，达到一任自然的境界。

百水最先是画家，早期在巴黎学习美术，风格接近德国表现主义大师蒙克。喜欢随意联想的形象与自由流动的线条，再加上一些装饰性色块，画面生动真切又离奇神秘，充分展示在水泥和电脑中间生活的现代人对自然的渴求。后来，他把自己这种审美内涵与生态学意义上的哲学思考都运用到建筑上去了。

◇百水的作品

他常用稚拙的曲线，打破现代建筑横平竖直的规范；在墙面上嵌入装饰性色块，瓦解现代建筑的呆板与乏味。他最爱在一些窗台下，加一块不规则的彩色贴面，远看好像是由窗户伸出来的一个滑稽的舌头。这感觉真是异样又可亲。如今在奥地利的各大城市，只要看见这样的建筑，人们一准会叫出"百水"这个名字。

维也纳是一座视历史为至高无上的城市。各个时代的著名建筑异彩纷呈，而现代的高楼大厦却很少见到。有人曾在圣·斯蒂芬大教堂对面盖了一座现代风格的商业楼，至今仍被人们争论不休。许多人认为它破坏了维也纳的和谐与美，吵闹着要炸掉它。但人们居然认可了百水这座近于荒诞的现代怪楼，真叫人不解！它在1985年才建成，没过多久，竟然就被人们当作维也纳的一个景观了。

我想，主要是因为百水并非以寻奇作怪、故弄玄虚取悦于人，相反，他以深刻的哲学思考、敏锐的时代感悟契合了现代人的心灵困惑与梦想，他的建筑才华博得了世人的推崇。

百水为维也纳增添的另一风格建筑是垃圾处理厂。这座每天要处理掉八百吨垃圾的大工厂，被百水设计成一座华美神奇

◇施托瓦瑟屋,是1985年建筑师施托瓦瑟(百水)为市政府设计的国有居民楼。此楼已是今日维也纳著名的旅游景点

的现代古堡，在层层叠叠的建筑块体中间，同样种满树木，远看像一座艳丽五彩的山。那根人人见了都会害怕的巨型烟囱，被装饰得溢彩流光，好似一根美丽的擎天柱；尤其上端金光烁烁的巨球，被蓝天映衬得夺目非凡，致使外来游客疑为维也纳的电视塔。但当人们得知这是一座堆满垃圾的工厂时，都不免赞叹道："维也纳人恨不得把一切都变成美的！"百水为维也纳人赢得这样的赞美，因此他成了奥地利当今最受宠爱的艺术家之一。

据说这座工厂的装饰费用花去八千万先令巨款。但百水却免费设计，不取分文，因为这一工作体现了他毕生的追求：改善环境，为了人类生活得更美好！而他把这一追求表现在对环境构成威胁的垃圾处理厂上，才更明确，更富挑战性，更具影响力。

1995.5 首发

保卫克里姆特画室

旅奥的华人女画家刘秀鸣问我：想不想去看看克里姆特的最后一个画室？我说：当然。可是我很奇怪，以前来维也纳，我曾想去看克里姆特的故居，得到的回答却是——没有。现在是从哪儿蹦出这个"克里姆特最后一个画室"的？

在我的想象中，克里姆特画室一定是一座极有特色和散发着油画颜料气息的房子，也必定是一座精致和讲究的博物馆。因为克里姆特和施特劳斯一样是奥地利人的骄傲。他那幅《吻》，已经是人类在十九世纪对爱情最真挚和迷人的诠释了。

可是，来到这座房子前，我感到吃惊——

它在维也纳十三区一排居民楼的里边，很大一片草地的尽头，几棵高大的老树夹峙中有一座淡黄色的巴洛克式的两层建筑,但已破损不堪。房皮脱落,台阶倾倒,铁花的护栏锈迹斑斑,屋顶的瓦缝钻出长长的野草,有的门窗完全被青藤遮蔽。显然是一座废弃已久的房子。

接待我们的一位负责人,向我们所介绍的内容也是非同寻常。他说,这座楼还有些麻烦,跟着他说出了其中的缘故。

这座楼是克里姆特生前最后一个画室。此前克里姆特的画室在维也纳八区。由于那一片房子要推倒重建,他租下了这座房子。他住在维也纳七区,距离这儿只有十五分钟的步行路程。

◇克里姆特的最后一个画室,就在这座楼房内的首层

他天天到这里来作画。他的许多大幅的风景名作，都是画好草稿，然后在这座房中完成的。克里姆特一生独身，无人为伴，有时画累了就住在这里。

他在1911年到1912年期间把画室搬到这里来，直到他1918年谢世。他晚年最重要的作品都是在这宁静的画室里诞生的。这里原来只是一座彼得迈耶时代风格的平房。他去世后，房东收回房屋，并一度自己搬进去住，并且在1923年翻修加层，扩建成如今这样一座巴洛克风格的楼房。

现在的麻烦是，这座房子是属于区政府所有的公产房，占地五千平方米，院子近一万平方米。五年前区政府想把这块地卖给私人房地产商，拆掉这座房子，开发成新的社区。政府的理由是，这座经过改建的房子已经不是原先的克里姆特的画室了。经过近百年的变迁和二战的破坏，里边也没有克里姆特的任何遗物，没有保留价值。

但是，当地的一些人士与市民却认为这座房子是克里姆特生活过的历史空间。虽然后经改造和扩大，但作为克里姆特画室的一层的房屋墙体与格局没有任何改变，依然如故，而且外部环境与情景更是昔时模样。这里的人们都感觉他们的"克里姆特还在这里",怎么能把它铲除掉?于是,人们在1999年组织起一个"纪念克里姆特协会",开始了一场声势不小的保卫克里姆特画室的文化行动,并把他们与政府的辩论推进法庭。这件事曾经轰动一时。

他们的工作首先是收集证据。他们请建筑学家对克里姆特画室依存的状况进行考察与测绘,翻阅文字档案和老照片,找出大量的克里姆特在这里创作与生活的材料,他们还对这个画室中失散的遗物进行调查与征集。那些研究克里姆特的专家纷纷为他们提供了确凿的依据。这些工作使他们在和政府包括在法律方面进行交涉时,愈来愈有说服力。

如今他们把这些工作成果展示在一楼,也就是当年克里姆特的画室里,连克里姆特生前在哪间屋内作画、画模特、待客、休息与存物都标示得清清楚楚。这便给我们生动地勾勒出了这位世界级大画家晚年的生活景象,虽然现在它还不是一座博物馆,却使我们获得了一种在其他地方无法得到的启示与感受。恐怕这正是保留这个画室的意义。

比如,在一间空荡荡的房屋中,戳着一张放大得与房间一般高的老照片。照片显示这间房屋曾是克里姆特的书房与客室。

◇当年，克里姆特在这座房子中的书房，墙上挂着《关公像》。现已不存，只有这张老照片了

从照片上我竟然发现书柜里陈放着许多中国古董。有牙雕小品、石雕印章、清代五彩瓷人，还有一尊民间木雕张仙爷，明显是晋中出品。书柜也是仿照中国式的，据说是画家特意请人设计的。这说明画家对中国文化的痴迷。更重要的是迎面墙上挂着的画——有三排方形小画，总共十二张，都是日本的浮士绘版画。中间是一幅中堂画，竟是中国的民间手绘年画《关公像》。左边关平捧印，右边周仓拿刀；关老爷正襟危坐中央，一手抚膝，一手抚髯。用笔雄劲凝重，颜色浓郁鲜丽。还有一幅同样

大小的《天官赐福》的照片，立在一边，大概是挂在另一面墙上的。这幅《天官赐福》，同样也是民间手绘年画。由画风断定，应是清代初期北京豪门贵族过年时的用品。过去人们总说克里姆特深受日本浮士绘影响，但从这里看，他不仅酷爱中国艺术，而且从中国绘画——尤其是中国民间绘画中汲取了很多养分。后来，我们在这里用幻灯展示的克里姆特的绘画档案中，还发现他的一些人物画的背景中，有不少形象干脆都是从中国民间艺术中搬过来的。有舞动瓜锤的武士，有执刀的将军，也有穿红戴绿的平民女子和坐在亭中的贵族。而这些纯中国的艺术形象怎么会与克里姆特笔下的奥地利女人如此和谐地融为一体？这发现使我很惊喜。但我又想，日本人有专门研究浮士绘与克里姆特关系的著作，我们中国人还没有这样做呢！

最使我感动的是，这个"纪念克里姆特协会"的成员全是义务的。一切经费来自社会的义捐。这些克里姆特的崇拜者，包括市民，每逢周末都在这里举办各种各样有声有色的关于克里姆特的纪念活动，以使更多的人加入他们的队伍中来。他们还来剪修草地，收集各种奇花异卉，将这块神奇的土地打扮得美丽和宜人。克里姆特生前喜爱玫瑰。他们在房外发现了一棵

◇这幅画的背景明显都是中国民间的艺术形象

百年的老玫瑰，已经衰老而萎缩了，但他们深信这就是克里姆特的玫瑰。经过精心的护养，玫瑰已经开始蹿枝拔节，长出几十枝浅红的花朵来。这使他们非常高兴，拉着每一个参观者去闻一闻克里姆特的玫瑰奇异的芬芳。

他们努力使心中崇拜的人复活。

多么好、多么热爱文化的维也纳人！

据说，政府已经基本上接受他们的观点，房子不会拆了。很有可能将这画室列入市政府管理的博物馆系列中，但还要等待最后的决定。

他们笑吟吟地说：我们还要努力，我们必须努力。

我对他们说：你们一定会胜利，而且只能胜利。

2003.6.16 维也纳

月光里的舒伯特小楼

人生有些机遇碰巧只有一次，过后一定会留在记忆里。比如这次在维也纳，驻奥大使史明德先生对我说，我国使馆在维也纳买了一处房产，是一座带花园的小楼，属于奥地利国家历史文物，就守着世界文化遗产美泉宫的东门。大使夫人、翻译家徐静华还补充一句："是两座楼，主楼和配楼。贝多芬曾在主楼里边弹过琴，配楼是舒伯特的故居之一。历史文化积淀都很深厚。"这地方已经整修好了，他们很想请我帮着看看怎样做得更精更深。大使说，贝多芬弹琴那座楼的楼上有间刚刚收拾好的客房，我可以来住两天体验一下。

这邀请可胜过连续三年的山珍海味！

当我拎着手提袋来到这楼前，即刻被眼前的景象迷住了。

◇贝多芬曾在这楼里弹琴

簇密的松杉映衬着一座淡黄色古典巴洛克式建筑，沉静而端庄，乍一看与美泉宫的整体建筑风格一致，颇有些皇家气息，它不是美泉宫的一部分吗？

在历史记载中，这房子建于1793年，法国建筑师设计。它最初的主人是为奥地利哈布斯堡王朝建立过功绩而被封为贵族的犹太商人卡尔·瓦茨特之子——莱蒙特·瓦茨特。莱蒙特豪爽好客，终日宾朋满座。那镌刻在二楼山墙中间黑色牌子上的古希腊文"欢迎"一词，不正是二百多年前好客的主人莱蒙特浪漫生活的写照吗？然而奢华的生活是不会被人记住的，留在历史上的是贝多芬曾在这座楼里弹琴的故事。

贝多芬留下天籁的地方一定神奇不凡。它究竟怎样神奇不凡？

徐静华引我穿入院门。阳光正把一大片树影斑驳地铺在满院的绿茵上。各色小花摆放得错落有致，显出当今主人的精心。一座半隐在远处的中国式的亭子引起了我的兴趣。据说，修整院子时有人建议将亭子改造后重新涂漆。徐静华说，我们不同意做任何改动，历史的东西应该保持原状。

我自然赞同这样的历史观。

这个木结构的亭子看上去像个木笼,四四方方,亭顶没有"翼然"的飞檐,却正是那个时代(十九世纪中期以前)西方人眼睛里的中国形态——古朴、纯净和敦厚,就像那时代西方瓷器以及美泉宫墙纸上的"中国形象"。

我终于站在贝多芬弹琴的圆厅里——

贝多芬站在这圆厅里是1800年。那年他三十岁,刚刚因写过《第一交响曲》而惊动了音乐圣城维也纳。他的精力与才华正处在人生的阳春三月。据说那天厅里摆放着两架钢琴,他和另一位出色的钢琴名家约塞夫·沃尔夫尔彼此在键盘上展示自己最新的艺术思想与非凡的灵感,进而互相命题,即兴弹奏,用惊人的才气感动与启发对方,待到两人一同进入神交与知音的境界时,便并坐琴前,四手联弹。那场面一定让在场的深谙音乐的维也纳人兴奋得发狂。

在那个没有录音录像的时代,留给我们的是无尽美妙的想象。

比起这座主楼,那边尖顶的配楼小一些,但楼内结构却曲折得有点神秘感。从狭小盘桓的楼梯登到尖顶里的阁楼,正是舒伯特住过的空间;历经两个世纪,旧物不存,但从留在那建

◇维也纳的舒伯特小楼

筑物上简易的天窗、冬日里生火御寒的炉灶、光秃秃而厚重的木板门,以及晦暗的光线,可以想见舒伯特当年的生活。这叫我联想到在巴黎附近奥维和的那个凡·高住过的小楼与小屋。舒伯特一生只活了三十一岁,一直住在维也纳。他自1813年离开寄宿学校,1816年专事写作,生活在贫困交加中,却不断创造出《圣母颂》《小夜曲》《鳟鱼》等人间的仙乐与天音。直到1825年他的作品才得到出版,1827年成功地举办了个人音乐会,刚刚"脱贫"的舒伯特,一年之后(1828年)就与世长辞了。他一生写了一千部作品。他"蜗居"在这阁楼里是在哪一年?写下了哪些作品?这些都还要等待音乐史家的考证。

我真的住进了这座令我感到敬畏的楼中。心里感动,入夜难眠。午夜时分干脆爬起来,走进贝多芬弹琴的那个圆厅。没去开灯,穿窗而入的月光使厅内既晦暗又明澈。我忽然想起贝多芬的《月光奏鸣曲》,开篇的琴音恰如眼前这种"银浆泻地"的感觉。那一瞬,我感到月光有一种神奇的质感,触摸一下,光滑与清凉,有如将手浸入水中;我还感到阳光属于世界,月光属于心灵,因为人只有在月光里才能回忆。我一边想着月光曲的旋律,一边在屋里轻轻地走着,忽然从后窗看到月下那座银白色、美得有点孤独的舒伯特小楼，不觉想起这两位音乐巨匠的交情。

贝多芬年长舒伯特二十七岁，他们去世却一前一后只隔了

◇贝多芬曾在这厅里弹琴

一年,也算同时代人吧。

贝多芬在这楼里弹琴时,舒伯特才三岁。他们没有在这房子里相遇过,却把各自的人生足迹和艺术情感留在了这里。

贝多芬对待舒伯特,很像舒曼对待勃拉姆斯——十分欣赏年轻人的才华。

贝多芬病危时,请人把舒伯特叫到病床前,对他说:"你的音乐里有神圣的光,我的灵魂属于你。"

贝多芬去世后,舒伯特高擎火炬为贝多芬送葬。一年后,他也去世了,家人遵他遗嘱,把他安葬在贝多芬的墓地旁。他们的灵魂紧紧相靠。

这时,我心中响着的月光曲,已经把那个尖顶的小楼笼罩。光影婆娑中,我已经分不出月光和月光曲了。

转天,我在楼里楼外转来转去才明白,何以有昨夜那些时光倒流般的感受。

因为——我陷入历史中了。

经过二百多年、几易其主的老房子,原先的一切早已空空如也。历史在哪里呢?我细心留意便注意到,它圆厅独有的凸形窗玻璃得到刻意的保护,仅存的壁炉、座钟与吊灯被视为珍宝，地窖里的宗教壁画如同考古发现一般原封未动。一切修补都采用原先的形制、材质与制作方法。历史不怕缺失，就怕添加。历史的真实是用真正属于它的细节证实的，不管还剩多少。这就是历史，也是文物保护的严格之所在。

当然，如果为了赚游客的钱，给历史披金戴银而糟蹋了历史就另当别论了。

史明德大使说，奥地利人对历史的修复十分严格。在修整这一建筑时，我们派去一支中国人的精装修队伍，奥地利派了专业的古建筑修复技师进行指导与监督，连墙的颜色都要严格按照规定的色板调色。然而，我们修复的原则是百分之百遵照人家的标准与尺度。奥地利的文物保护局局长弗里德利希·达姆博士称赞中国是"热爱和善待这座建筑的主人，他们按照古建筑保护要求所完成的工作，堪称楷模"。

由这句话，我延伸想到，只有我们尊重别的国家与民族的文化，才能受到别人的尊重；而我们尊重自己的文化，也会受到人家的尊重。

这也是现代文明和文明社会的准则。

2012.10.2

离我太远了,皮兰

如果世界上有一个地方从来没听人说过,去了之后却永难忘怀,这个地方就是皮兰。

对我来说,它实在太远;我在"远东",它藏在地球西边亚得里亚海最上端那个海湾里,好像掖在欧洲的胳肢窝里。如果驱车从维也纳向南穿过山重水复的阿尔卑斯山,越过边境,路经斯洛文尼亚那个出名的小巧的首都卢布尔雅那,往西不停地开下去,再沿着亚得里亚海的海边弯弯曲曲前行,然后不知不觉驶入一条狭长的伸入大海的极小的岬角上,皮兰就在这天涯海角似的地方。

这个只有四千多人的小小的中世纪的古城,密集着层层叠叠两三层的小楼,全是雪白的墙和砖红色的尖顶。如果艳阳高

◇一直伸进亚得里亚海的皮兰

照,白墙更白;一场雨后,红顶瓦变为深红——再给湛蓝、深郁和辽阔的大海一衬,色彩分外独特又鲜艳。这时,偶尔飞来几只极黑的乌鸦,醒目地落在屋顶或烟囱上。如此的景象,叫谁看了不醉?

皮兰就像大地鲜亮的舌尖,伸进大海,舔弄着无穷而清凉的碧涛。

走进皮兰,不像进什么名城,心理上会有意无意做点准备。在皮兰海边散着步,边走边看海上的美景,不经意就走到了它城中心的广场上。我试了一下,从海边到广场只需要二百步。广场是圆形的,广场周围的建筑排成"U"形,开口处对着大海。海鸥与海风可以更轻易地来到广场上。这就使我看到它源自一个原始码头而一直开放着的历史。

欧洲的广场无论大小,四周的建筑都是城市的门面。皮兰的门面可没有花团锦簇般的大厦,一律是墙面斑驳甚至是破损的老楼,然而它们简朴、素雅、沉静,像中世纪的农夫农妇、工匠市民平和地站在那里;铺满广场的石板石钉早已磨得光亮,像铁的;一些长长的石条凳围着广场放了一圈,人们三三两两坐在上边消闲,一看便知是本城的百姓;两个女孩坐在那里逗狗，一个女孩的长发金得发亮；一位老妇人抱着婴儿晒太阳，旁边坐着个老头，舒舒服服打着瞌睡；一群男子在下棋，其中一个中年男人穿着很漂亮的海员制服，帽檐却斜着。广场上小孩子们在踢球。年轻的父亲在教他的孩子学步，孩子夯着胳膊摇摇晃晃走在前边，父亲笑呵呵跟在后边，走着走着，情不自禁地和孩子走的姿态一样了。

皮兰湾很静，适合扬帆出海，这里有桅樯如林的小码头；皮兰的海水比矿泉水还干净，海边的岩石上常常会躺着一个泳装女子沐日，粗粝的石块和光嫩的皮肤强烈地对比着；海鸥们常常在急转弯时发出一声响亮的尖叫。

偶尔能看到一两个背包的旅行者站在广场中心向四边贪婪地拍照。

皮兰的地标是城中鹤立鸡群般高高耸起的尖顶的钟楼，它叫人想到威尼斯圣马可大教堂的钟楼，只是更简约更古朴一些。皮兰历史上曾属威尼斯王国管辖，有人称它是"袖珍的威尼斯"。但它在和海的关系上与威尼斯不同：它像是站在海边的礁石上，向大海眺望；威尼斯已经光着两只脚站在海里了。

可是，它被威尼斯统治太久了。广场上立着一块石头旗桩，上边刻着的年号是1466，它是威尼斯王国时代的遗物吧。在威尼斯统治的漫长的五百年里，它骨子里已浸入太多意大利人的气息与气质，尤其是对历史的态度，街头巷尾处处可以看到历史的见证。一棵与一根石柱死死缠成一体的古藤，东一块西一块有刻痕的建筑残石，多半已经锈烂在土里的铁锚……没人去动它们，让它们以历史的原状存在。城中还有些中世纪的残垣断壁，更是地面上的文物。用不着标明"文物保护单位"，也被人们当作"沉默的老者"备受尊崇地活在人间。比如一座中世纪的修道院，早已荒芜，仅存中庭，只有一些残损的雕像或兽头放在廊子上，其他空空如也。人们把庭院打扫干净，却任由野草丛生，播放一些古典音乐——用音乐唤起的想象与情感装满它。这不是意大利人擅长做的事吗？

没有人去拙劣地添油加醋，或者去涂脂抹粉"打造"它。历史是不需要加工的。

无形的音乐是一种灵魂。古典音乐是历史的灵魂，皮兰人用它来轻轻唤醒历史。

它原本就是一块音乐的土地。早在十七世纪这里就诞生了作曲家和小提琴家塔替尼（1692—1770）。塔替尼那部堪称小提琴"绝品"的《魔鬼的颤音》，其指法与弓法难度之高至今无人超越；作品诡异、超凡、变幻莫测与难以捉摸。塔替尼说他这部音乐来自一次梦中魔鬼的指点，他只不过在梦醒之后，把依稀记得的音乐记了下来。这并不见得是故弄玄虚，至少他本人再没有写过与此类似的作品。

皮兰人在塔替尼去世二百年后，仍然怀念他，以他为荣，便制作了一尊雕像放在广场的中心。雕塑家的想法很有创意，特意将雕像做得和真人一般大小，看上去好像他们的塔替尼又回来了——拿着小提琴跳到台子上正往前走。在宽阔的广场上，

◇一位皮兰画家为广场上的小提琴家塔替尼雕像画的速写

雕塑显得小,但他占满了皮兰人的心,从此皮兰人称这广场叫塔替尼广场。

真正的雕像都是为了一种精神,而不是城市广告。

最深厚的皮兰还是在城中往复回绕的哥特式的老街老巷里。历史的空间向例窄仄。今天的皮兰没有为了"扩大旅游经济"而去放大街道尺度。老墙老屋老门老窗一切依旧,房中的生活设施却正在"现代化"。他们依旧在窗口伸出杆子晾晒衣服,依旧在窗框上挂满花盆,让五颜六色的花朵镶在阳光射入室内的地方;然而,钻进一些地下室地洞似的小门,里边艺术家工作室的照明、通信与生活设施却十分现代。这些艺术品店很少出售千篇一律乏味的旅游商品,多是艺术家富于个性的创造,不论是陶瓷、玻璃制品、木石雕刻,还是铁艺、布艺与千奇百怪的艺术化的日常物品。他们尊重历史,却又不是"靠山吃山、靠水吃水",不是一个劲儿在"非物质文化遗产"身上拼命挤奶。

这样的文化才是真正活着的。

山上教堂的钟声响后,一对新婚的男女走出来,穿着白纱裙的新娘一手握着一束挺大的红玫瑰,眼睛很美;新郎的脸上

◇一对新婚的年轻人刚从教堂走出来

溢满幸福。两人穿过广场时，没人上去看热闹，只是几个本城人远远站着，笑嘻嘻地看着这两个年轻的熟人。

他们手牵手穿过广场，偶尔会情不自禁停下来，亲吻一下，再走，就像他们的祖父祖母。

美好的传统就这么悠然自得地传承下来。

只可惜它离我太远了，皮兰。

2012.10.1

今天的布拉格

布拉格对我的诱惑，除去德沃夏克、卡夫卡、昆德拉，以及波希米亚人，还有便是歌德的那句话——"布拉格是欧洲最美丽的城市"。歌德这句话是二百年前说的，那么今天的布拉格呢？在捷克做过文化参赞的诗人孙书柱对我说："你不去布拉格会终生遗憾。"

经历了二十世纪两次世界大战和非同寻常的社会风暴之后，布拉格会是什么样子？我想起九十年代初一个黄昏进入东柏林时那种黑乎乎、空洞和贫瘠的感受。于是，我几乎是带着猜疑，而非文化朝圣的心情进入了捷克的边境。

三天后，我在布拉格老城区一家古老的饭店喝着又浓又香的加蒜末的捷克肚汤时，手机忽然响了，是孙书柱。他说："感觉怎么样?"我情不自禁地答道:"我感到震撼!"我听到自己的声音很响亮。

布拉格散布在七个山丘上,很像罗马。特别是站在王宫外的阳台上放目纵览,一定会为它浩瀚的气概与瑰丽的景象惊叹不已。首先是城市的颜色。布拉格所有的屋顶几乎全是朱红色的,它们使用的是一种叫石榴石的矿物质颜料,鲜明又沉静,而墙体的颜色大多是一种象牙黄色。在奥匈帝国时代,捷克的疆域属于帝国领土的一部分,哈布斯堡王朝把"象牙黄"视为高贵,并致力向民间普及。于是这红顶黄墙与浓绿的树色连成

◇从一座老楼上一览布拉格

一片。百余座教堂与古堡千奇百怪地耸立其间。这便是在世界上任何地方都见不到的城市景观。

然而捷克之美,更在于它经得住推敲。

在捷克西部温泉城卡洛维发利,我一边在那条沿河向上的老街上缓缓步行,一边打量着两边的建筑。我很惊讶。没有任何两座建筑的式样是相同的。它们像个性很强的女人,个个都目中无人地站在街头,展示自己。其实,这不正是波希米亚人不尚重复的性格?

在布拉格更是这样。只有上个世纪五六十年代建造的那些宿舍楼,才彼此一个模样,没有任何美感与装饰。从中我发现,它们竟然和我们同时代的建筑"如出一炉",这倒十分耐人寻味!

而布拉格的城市建筑真正的文化意义,是它保存着中世纪以来,包括罗马式、哥特式、巴洛克式、青年艺术风格等各个不同时期的建筑作品。站在老城广场上,挤在上千惊讶地张着嘴东张西望的游客中间,我忽然明白,当年歌德看到的,我们都看到了。但跟着一个问题冒出来:它是如何躲过上个世纪的剧烈的政治风暴的冲击的?甭说民居墙面上千奇百怪的花饰,单是查理大桥上那些来自宗教与神话的巨大的雕塑早该被"砸得稀巴烂了"!

一个城市的历史总是层层叠叠深藏在老街深巷里。布拉格这些深巷常常使游人迷路。据说卡夫卡知道这里每一座不知名的老屋里的故事。他的朋友们常常看见他在这些街头巷尾或哪个门洞里一晃而过。

老街至今还是用石块铺的路。过去几百年的时光从上面碾过,一代代人用脚掌雕塑着它们。细瞧上去,很像一张张面孔,

◇街头风情

有的含混不明,有的凄苦地笑,有的深深刻着一道裂痕。街上的门都很小,然而门内都有一个小小的罗马式回廊环绕的院子,只有正午时分,阳光才会直下。站在这样的院子里就会明白,为什么卡夫卡把它称作"阳光的痰盂"。

生活在这样世界里的布拉格人,并不因此愁闷与阴郁。他们天性热爱个人的生活,专注于家庭,还有传统。他们对啤酒有天生的嗜好,一如法国人钟爱葡萄酒。每年一个捷克人平均喝掉一百五十公升啤酒。而他们对音乐的热爱不亚于奥地利人。连惹起祸端招致苏联军队把坦克开进城中的"布拉格之春",也是音乐带来的麻烦。但即使在那个非常的年代,人们去听音乐会,也照旧会盛装打扮,这样的人民会去把建筑上的艺术捣毁吗?

我则认为,我们的文化遗产所遭受的最大的破坏还是"文革"。"文革"之前,老房上那些砖雕石雕,谁会动手去砸?我们只是把它作为"无用的历史"弃置一旁。布拉格最著名的圣维特大教堂在二十世纪五六十年代,被当作工厂使用,就像天津的广东会馆。但是"文革"不仅仅举国如狂地毁灭自己的文化遗产,更严重的是对自己文化的轻视与蔑视。蔑视自己的文

◇布拉格人依旧以"好兵帅克"为荣

化比没有文化还可怕。而这种自我的文化轻蔑在功名利禄迷惑人心的当代便恶性地发酵了。于是,我便转而注目于今天的布拉格人怎样重新对待自己的文化遗产。

他们正在全面整理和精心打扮自己的城市。在外观上,将这些至少失修了半个世纪的建筑,一座座地从岁月的污垢中清理出来,同时将具有现代科技含量的生活硬件注入进去。他们在修整这些地面上最大的古物时,精心保护每一个有重要价值的细节。由于他们没有经过那种"涤荡一切污泥浊水"的大革文化命,所以历史遗存极其丰厚。连各种店铺的商家也都把这些遗产引以为自豪，并且印成资料与画片，赠送给客人。不像我们胡乱地扫荡之后，待要发展旅游，已经空无一物，只能靠着造假古董和编故事（俗称编段子），将历史浅薄化、趣味化、庸俗化。

从老城广场到查理桥必须经过一条历史名街——皇帝街。这条长长的窄街弯弯曲曲，顺坡而下。街两旁五彩缤纷地挤满各色小店，咖啡店、酒吧、食品店、小旅店，形形色色小商店里经营的大都是本地的特产，如提线木偶、草编人物、民间土布，以及闻名天下的玻璃器具。最小的店铺只有四五平方米，却都是有声有色、有滋有味，故而皇帝街是布拉格人气最旺的一条步行街。

据说十年前，有人想从美国引资对这条街进行改造，将石块铺成的路面改为平整的柏油路，两边的商店拓宽重建。这引起很大争议。经居民投票民主表决，结果还是顺从当地人民的意见——皇帝街保持历史的原貌！

东欧国家经过九十年代的剧变，几乎碰到同样一个问题：怎样对待自己的城市？从俄罗斯的圣彼得堡、德国的柏林和魏玛、匈牙利的布达佩斯，直到捷克的古城。我看到了一种共同的态度——正像我在柏林拜访过一个负责修整历史街区的组织的名字——"小心翼翼地修改城市"。那就是用心珍惜历史遗产,全力呵护文化财富,一切为了未来。

2003.5.30

古希腊的石头

每到一个新地方，首先要去当地的博物馆。只要在那里边待上半天或一天，很快就会与这个地方"神交"上了。故此，到达雅典的第二天一早，我便一头扎进了举世闻名的希腊国家考古博物馆。

我在那些欧洲史上最伟大的雕像中间走来走去，只觉得我的眼睛——被那个比传说还神奇的英雄时代所特有的光芒照得发亮。同时，我还发现所有雕像的眼睛都睁得很大，眉清目朗，比我的眼睛更亮！我们好像互相瞪着眼，彼此相望。尤其是来自克里特岛那些壁画上人物的眼睛，简直像打开的灯！直叫我看得神采焕发！在艺术史上，阳刚时代艺术中人物的眼睛，总是炯炯有神；阴暗时期艺术中人物的眼睛，多半暧昧不明。当然,"文化大革命"美术除外,因为那个极度亢奋时代的人们全都注射了一种病态的政治激素。

我承认,希腊人的文化很对我的胃口。我喜欢他们这些刻在石头上的历史与艺术。由于石头上的文化保留得最久,所以无论是希腊人,还是埃及人、玛雅人、巴比伦人以及我们中国人,在初始时期,都把文化刻在坚硬的石头上。这些深深刻进石头里的文字与图像,顽强又坚韧地表达着人类对生命永恒的追求,以及把自己的一切传之后世的渴望。

然而,永恒是达不到的。永恒只是很长很长的时间而已。古希腊人已经在这时间旅程中走了三四千年。证实这三四千年的仍然是这些文化的石头。可是如今我们看到了,石头并非坚不可摧。世界上没有任何东西可以把人带到永远。在岁月的翻滚中,古希腊人的石头已经满是裂痕与缺口,有的只剩下一些残块和断片。

在博物馆的一个展厅,我看到一截石雕的男子的左臂。虽然只是这么一段残臂,却依然紧握拳头,昂然地向上弯曲着,皮肤下面的血管膨胀鼓胀,脉搏在这石臂中有力地跳动。我们无法看见这手臂连接着的雄伟的身躯,但完全可以想见这个男子英雄般的形象。一件古物背后是一片广阔的历史风景。历史并不因为它的残缺而缺少什么。残缺，却表现着它的经历、它的命运、它的年龄，还有一种岁月感。岁月感就是时间感。当事物在无形的时间历史中穿过，它便被一点点地消损与改造，并因而变得古旧、龟裂、剥落与含混，同时也就沉静、苍劲、深厚、斑驳和朦胧起来。

于是一种美出现了。

这便是古物的历史美。历史美是时间创造的，所以它又是一种时间美。我们通常是看不见时间的。但如果你留意，便会发现时间原来就停留在所有古老的事物上。比如那深幽的树洞、凹陷的老街、泛黄的旧书、磨光的椅子、手背上布满的沟样的皱纹，还有晶莹而飘逸的银发……它们不是全都带着岁月和时间深情的美感吗？

这也是一种文化美。因为古老的文化都具有悠远的时间的意味。

时间在每一件古物的体内全留下了美丽的生命的年轮，不信你掰开看一看！

凡是懂得这一层美感的，就绝不会去将古物翻新，甚至做更愚蠢的事——复原。

站在雅典卫城上,我发现对面远远的一座绿色的小山顶上,爽眼地竖立着一座白色的石碑。碑上隐隐约约坐着一两尊雕像。我用力盯着看,竟然很像是佛像!我一直对古希腊与东方之间雕塑史上的那段奇缘抱有兴趣。便兴冲冲走下卫城,跟着爬上了对面那座名叫阿雷奥斯·帕果斯的草木葱茏的小山。

◇雅典卫城

山顶的石碑是一座高大的雕着神像的纪念碑。由于历时久远，一半已然缺失。石碑上层的三尊神像，只剩下两尊，都已经失去了头颅，可是它们依然气宇轩昂地坐在深凹的洞窟里。这时，使我惊讶的是，它竟比我刚才在几公里之外看到的更像是两尊佛像。无论是它的窟形，还是从座椅垂落下来的衣裙，乃至雕刻的衣纹，都与敦煌和云冈中那些北魏与西魏的佛像酷似！如果我们将两个佛头安装上去，也会十分和谐的！于是，它叫我神驰万里，一下子感到世纪前丝绸之路上那段早已逝去的令人神往的历史——从亚历山大东征到希腊人在犍陀罗为原本没有偶像崇拜的印度人雕刻佛像，再到佛教东渐与中国化的历史——陡然地掉转头，五彩缤纷地扑面而来。

原来时间隧道就在希腊人的石头中间！在这隧道里，我似乎已经触摸到消失了数千年的那一段时光了。这时光的触觉，光滑、柔软、流动，还有一些神秘的凹凸的历史轮廓。我静静地坐在山顶的一块山石上，默默享受着这种奇异和美妙的感受，直到夕阳把整个石碑染得金红，仿佛一块烧透了的熔岩。

由此，我找到了逼真地进入希腊历史的秘密。

我便到处去寻访古老的文化的石头，从那一片片石头的遗

◇卫城对面山顶上的神龛,很像北魏佛龛

址中找到时光隧道的入口，钻进去。

然而，我发现希腊到处是这种石头。希腊人说他们最得意的三样东西就是：阳光、海水和石头。从德尔菲的太阳神庙到苏纽的海神庙，从埃皮达洛夫洛斯的露天剧场到迈锡尼的损毁的城堡，它们简直全是巨大的石头的世界。可是这些石头早已经老了。它们残缺和发黑，成片地散布在宽展的山坡或起伏的丘陵上。数千年前，它们曾是堆满财富的王城、聆听神谕的圣坛或人间英雄们竞技的场所。但历史总是喜新厌旧的。被时光筛子筛下来的只有这些破碎的房宇、残垣败壁、断碑、兀自竖立的石柱、东一个西一个的柱头或柱础。

尽管无情的历史遗弃它，有心的希腊人却无比珍惜它。他们保护这些遗址的方式在我们看来十分奇特。他们绝不去动一动历史遁去之后的"现场"。一根石柱在一千年前倒在哪里，今天绝不去把它扶立起来。因为这是历史的本来面目。尊重历史就是不更改历史。当然他们又不是对这些先人的创造不理不管。常常会有一些"文物医生"拿着针管来，为一些正在开裂的石头注射加固剂，或者定期清洗现代工业造成的酸雨给这些石头带来的污迹。他们做得小心翼翼，好像这些石头在他们手中依然是活着的需要呵护的生命。

他们使我们认识到,每一块看似冰冷的古老的石头,其实并没有死亡,它们犹然带着昔时的气息。它们各自不同的形态都是历史的表情,石头上的残痕则是它们命运的印记与年龄的刻度。认识到这些,便会感到我们已身在历史中间。如果你从中发现一个非同寻常的细节,那就极有可能是神奇的时间隧道的洞口了。

迈锡尼遗址给人的感受真是一种震撼。这座三千多年前用巨石砌成的城堡,如今已是坍塌在山野上的一片废墟,被时光磨砺得分外粗糙的巨大的石块与齐腰的荒草混在一起。然而,正是这种历史的原生态,才确切地保留着它最后毁灭于战火时惊人的景象。如果细心察看,仍然可以从中清晰地找到古堡的布局、不同功能的房舍与纵横的甬道。1876年德国天才的考古学家谢里曼就是从这里找到了一个时光隧道的入口,从隧道里搬出了伟大的荷马说过的那些黄金财宝和精美绝伦的"迈锡尼文化"——他实际是活灵活现地搬出来古希腊一段早已泯灭了的历史。谢里曼说,在发掘出这些震惊世界的迈锡尼宝藏的当夜,他在这荒凉的遗址上点起篝火。他说这是两千两百四十四年以来的第一次火光。这使他想起当年阿伽门农王夜里回到迈锡尼时,王后克莉登奈斯特拉和她的情夫伊吉吐斯战战兢兢看到的火光。这跳动的火光照亮了一对狂恋中的情人眼睛里的惊恐与杀机。

今天,入夜后如果我们在遗址上点上篝火,一样可以看到古希腊这惊人的一幕;我们的想象还会进入那场以情杀为背景的毁灭性的内战中去。因为,迈锡尼遗址一切都是原封不动的。时光隧道还在那些石头中间。于是我想,如果把迈锡尼交给我们——我们是不是要把迈锡尼散乱的石头好好"整顿"一番,摆放得整整齐齐;再将倾毁的城墙重新砌起来;甚至突发奇想,像大声呼喊着"修复圆明园"一样,把迈锡尼复原一新。如若这样,历史的魂灵就会一下子逃离而去。

珍视历史就是保护它的原貌与原状,这是希腊人给我们的启示。

那一天,天气分外好,我们驱车去苏纽的海神庙。车子开出雅典,一路沿着爱琴海跑了三个小时。右边的车窗上始终是一片纯蓝,像是电视荧幕的蓝卡。

海神庙真像在天涯海角。它高踞在一块伸向海里的险峻的断崖上。看似三面环海，视野非常开阔。这视野就是海神的视野。而希腊的海神波塞冬同中国人的海神妈祖一样，护佑着渔舟与商船的平安。但不同的是，波塞冬还有一个使命是要庇护战船。因为波斯人与希腊人在海上的争雄，一直贯穿着这个英雄国度的全部历史。

可是，这座世纪前的古庙，现今只有石头的庙基和两三排光秃秃的多里克石柱了。石柱上深深的沟槽快要被时光磨平了。还有一些断柱和建筑构件的碎块，分散在这崖顶的平台上，依旧是没人把它们"规范"起来。没有一个希腊人敢于胆大包天地修改历史。这些质地较软的大理石残件，经受了两千多年的

◇海神庙

阵阵海风吹来吹去，正在一点点变短变小，有几块竟然差不多要湮没在地面中了；一些石头表面还像流质一样起伏，这是海风在上边不停地翻卷的结果。可就是这样一种景象，使得分外强烈的历史感一下子把我包围起来。

纯蓝的爱琴海浩无际涯，海上没有一只船，天上没有鹰鸟，也没有飞机。无风的世界了无声息，只有明媚的阳光照耀着古希腊这些苍老而洁白的石头。天地间，也只有这些石头能够解释此地非凡的过去，甚至叫我们想起爱琴海的名字来源于爱琴王——那个悲痛欲绝的故事。爱琴王没有等到出征的王子乘着白色的帆船回来，他绝望地跳进了大海。这大海是不是在那一瞬变成这样深浓而清冷的蓝色？爱琴王如今还在海底吗？他到底身在哪里？在远处那一片闪着波光的"酒绿色的海心"吗？

等我走下断崖时，忽然发现一家专门为游客服务的商店。它故意盖在侧下方的隐蔽处。在海神庙所在的崖顶的任何地方，都是绝对看不见这家商店的。当然，这是希腊人刻意做的。他们绝对不让我们的视野受到任何现代事物的干扰，为此，历史的空间受到了绝对与纯正的保护！

我由衷地钦佩希腊人！

希腊人告诉我们，保护古代文明遗产，需要的是对历史的深刻理解与崇拜、科学的方法、优雅的美感和高尚的文化品位。因为历史文明是一种很高的意境。

创造古希腊的是历史文明，珍惜古希腊的是现代文明。而懂得怎样珍惜它，才是一种很高层次的文明。

2001.4.11 天津

在芬兰的感想

在当代生活中,由于飞机误点和汽车塞车而失约是最容易被谅解的。然而,芬兰的朋友不无遗憾地告诉我,由于我迟到一天,错过了赫尔辛基大学为我在一座古堡里准备好了的别具风情的欢迎仪式。据说我当时可以在那里洗桑拿。

◇在赫尔辛基大学的演讲

这使我吃了一惊。我跑了那么多国家，还没听说用洗桑拿——让客人裸一次，并给蒸汽蒸得像煮熟的海螃蟹那样通红——来欢迎客人的。

然而，对于芬兰人来说，洗桑拿是他们的骄傲，因为他们是这种既刺激又过瘾的、像扒一层废皮那样快乐的洗浴方式的发明者。他们视桑拿为"国粹"，就像我们的"元青花"。

我想，激发出芬兰人这种发明灵感的，大概是它地处北半球极地那种直钻到骨头里的寒冷。其实对于芬兰人来说，寒冷并不可怕，从古代烧炭烤火到当今的电暖气都是人们足以驱寒的手段。可怕的是这里缺少阳光。芬兰北部一年至少五十天完全没有阳光，南部一年也有一个季度每天只有三个小时能够见到阳光。漆黑一团的生活，难免磕磕碰碰，减缓速度，更影响人的心理。想一想一天天全在闷罐似的夜里、一觉醒来还在夜里是什么滋味？

我和赫大的教授高歌先生面对面吃饭时，发现他很少说话。他相当不错的汉语足以与我交谈，但他一声不吭埋头吃着冰岛烤鱼。后来我发现其他芬兰人的话也不多，他们习惯缄默，性格含蓄，耽于安静。但安静并不沉闷，而是一种习惯了的适然。

人的气质就是城市的气质。芬兰是安静的,不像法国人激情四溢,巴西人总在不停地摇动,美国人匆匆忙忙,动不动张着嘴巴哈哈大笑。

据说我来到芬兰的六月是他们"最好"的时候。直到晚间十点半了,朝西的景色依旧被阳光照耀得明媚夺目,有的树被照得像光鲜的翡翠一般。这时候,芬兰人绝不会待在家里,他们或坐在广场上,或躺在河边,享受着太阳神一年一度稀有的恩赐。人总是缺少什么渴望什么。大自然总是给你一半的同时叫你还想着另一半。不满足是生活的本质,也是人的本质。

然而对于大自然不同的是,古人充满敬畏,更多是依赖,人对于大自然的要求只是生活之必需。可是被高科技武装起来的当今人类却变得欲海无边和胆大妄为了,有限的地球资源正在被挥霍。人们并不知道为了满足自己而预支了明天。我们不是正在疯狂地剥夺我们后代的资源吗?

芬兰人与大自然太密切了,一千八百个围着海水的岛屿加上一千八百个陆地上的湖泊构成了他们的疆土。为此,他们国旗的颜色是蓝和白,很单纯;蓝色象征着湖水和海水,白色象征着大雪覆盖的大地;而这大地上还有百分之七十是黑压压的

◇芬兰人的趣味

森林。谁也无法把自己隔绝在大自然之外。然而，他们却不会填湖造地，再炒地开发；从赫尔辛基到图尔库这些城市也不去搞什么公园化，"打造"什么"花园城市"，而是遵从大自然的天意，连草地都是自然生长出来的野草，草里开着野花，很少铺设人工栽培的草皮。一句话，他们更欣赏天然而非人为。还迷恋着先人留下的一种生活方式——湖边桑拿。在今天，拥有一座祖先遗留下来的湖边木屋的人，便被视为"富翁"。所谓"富"，就是可以在假期里来到湖边，全家人钻进近乎原始的充满木头气味的房子里待几天，吸足了大自然醉心的气味。在今年被评为"欧洲文化之都"的图尔库市，有一种向客人们一半推荐一半炫耀的特制的水杯，是用树皮包着一个素白的瓷杯。显然他们喜欢用手指接触树皮——这种自然生命的触感。

芬兰和瑞典一样是讲究艺术设计的国家。他们在一切生活用品上都崇尚新颖与创意的设计。但他们的设计很少商业化的花里胡哨与挤眉弄眼，而是一种与大自然的谐调、现代的简约，以及他们质朴与喜欢单纯的本性。

在刚才提到的芬兰人沉静的性格里，还有一种韧性的东西——这离不开他们的历史。由于地缘关系，他们地处俄罗斯与瑞典两个强国的夹峙之中。虽然早早立国，但很快就称臣于瑞典，时间竟长达六百年，随后又成为瑞俄战争的胜利者沙皇俄国隶属的大公国。直到1917年俄国十月革命后才宣布独立。六七百年来受制于他人，还会有自己吗？在如此漫长岁月中等待着国家光复而从不言弃的芬兰人是靠着什么活下来的？是一种坚韧顽强、令人钦佩的国家精神。我在他们民族英雄马达汉博物馆的留言簿上写下了一句话：世上的爱国者都是人民心中的圣人。

芬兰人心中另一个英雄是驰名世界的大音乐家西贝柳斯，他的《芬兰颂》就像法国人的《马赛曲》和中国人的《义勇军进行曲》。这是一种真正融化到人们血液里的灼热的音乐。能进入人们血液的音乐才有生命，绝非那种我爱你不爱的哼哼唧唧。

其实，精神一直为芬兰人所尊崇。

在芬兰文学协会，我看到他们收集和整理的自己民族的民歌有二十五万首，全都井然有序地陈放在书架上和编入数据库中。这个协会成立于1831年，远在他们国家独立之前。这件事告诉我，在他们国家没独立时，他们的文学、他们的精神一直是独立的。

◇访问芬兰民间文学协会

我知道，芬兰是世界上人均拥有大学最多的国家。散步在赫尔辛基大学绿荫重重的校园里，当我听说这里有四万名学生和五百名教授，产生过五名诺贝尔奖得主，一时觉得学院里的空气都饱含着精神与学术的氧了。

有一种说法，说芬兰是"知识分子治国"，也有人反对这种说法，说"芬兰人差不多都是大学毕业，官员也都学历很高"。其实有知识和知识分子并非一码事。所谓知识分子是具有知识分子独立立场的人。在芬兰，即使一些知识分子成为国会议员，但依然保持其批评性。

批评是思想的生命方式之一，也是寻求科学与真理的最重要的途径。

在赫尔辛基海边码头上我看到一些芬兰人，坐在简易的木椅上晒太阳；成群的海鸥在他们头上飞来飞去，从海上吹来的凉爽的风撩动着他们的额发与衣袂。他们有的捧着笔记本电脑上网，有的饮着本地人酷爱的咖啡，大多缄默不语，静静地享受着自然、传统，还有现代的文明——这便是我看到的芬兰最平凡的图画。

我没有去拍照，因为它已经深深地印在我脑袋里了。

2011.8

最美的小镇

尽管谢尔盖耶夫镇号称俄罗斯的金环小镇,一个已经是炙手可热的旅游景点,但它仍保持天人合一的美,大自然如画般

的优美与宗教的沉静融为一体。旅游设施不少,却都不喧宾夺主地打扰小镇的气息。想想我们的"中国最美的小镇凤凰城",想想我们的"千户苗寨"和宏村西递,唯利是图压倒一切。

　　文明的旅游是让人享受文明,野蛮的旅游是唯利是图。

　　可能由于我们唯利是图,所以很容易成为商业大国。

2014.9

◇谢尔盖耶夫

苏兹达利的木屋

苏兹达利是俄罗斯源头的都城,也是俄罗斯屈指可数的整座城市列入世界文化遗产名录的国宝。它的城堡、教堂、修道院都是过往历史幸存的精粹,然而我更想看它古老的民居——木屋。俄罗斯的北方木多石少,民居多为木屋,苏兹达利作为俄罗斯的发源地,它还保留着一些相当古老的木屋。同时我还关心,这个世遗小城怎么去保护自己的古老民居呢?不会像丽江那样大多做了旅游商店吧?

真好,苏兹达利人没那么蠢。他们自觉地按照联合国教科文组织保护世遗的方式,将城中所有具有历史文化特征的民居——那种窗口与门口带着各种雕饰的尖顶木屋,一座座都修复起来。没人破墙开店,而是像他们祖祖辈辈那样,全都安安稳

◇地域风情

稳住在里面。那些更古老而不适于居住的民居建筑呢？那种不再使用的传统的生活物品呢？苏兹达利人也没丢掉，而是像一些欧洲国家那样，选一块有水有树的好地方，把这些必须珍惜的古建筑完好无损地"平移"过去，在欧洲这称之为"露天博物馆"，苏兹达利人叫它"木建筑和农民日常生活博物馆"。这里的古建筑主要是从苏兹达利和弗拉基米尔两个地区收集与选择来的，包括年代久远和最具代表性的木制的教堂、民宅、粮仓、祈祷室、磨坊、桑拿屋、手工作坊、风车水车等，集中到这里来，像一个自然村落那样安置在林木和草地中间。最早的

◇老教堂

教堂为1756年建造，铁瓦木墙，形制奇特，与现在俄罗斯的教堂迥异。民居选择了三种，一种是富人，一种是农人，一种是商人，房屋内部用他们昔时各式各样、花样繁多的生活生产的物品布置起来，这些物品都是从农村细心收集来的。在时代的变迁中，最容易丢失的是"民俗文物"。只有这些真实的老东西才会带着过往的生活方式、智慧与韵致；如今也只有在这类博物馆中才能看到这样古老的事物、方式和情景。

比如一个木架子上边伸出一个铁叉，上边夹着一根一尺长的木片，前端烧成黑炭，架子下放一个水盆。待问方知，原来这是古时村民使用的灯。俄罗斯林多木多，烧木取亮不用花钱，一片木头烧光再拿一片夹在铁叉中，下边的水盆用来防止火炭掉落引起火灾。古代的俄罗斯人多么善于生活！再比如那种由人在巨大的木轮里边行走边引水的水车，不仅省力、智慧，还充满劳动的乐趣。如果没有这些实物，谁知道自己的祖先们怎样一代一代活到今天的？在这个用实物活化历史的博物馆里，这种独特而有意味的细节随处可见。

如果没有这类博物馆，这些历史不就空白了吗？

露天博物馆是人类从农耕时代跨入工业文明阶段，用以保

◇桦树皮艺人

存大型农耕遗存的一种创造，如今已在世界上广泛采用。村落民居及其生活空间，是无法放在博物馆的室内的，更适于露天保存。我曾在美国、德国、丹麦、芬兰、匈牙利、克罗地亚以及泰国都见过这样的博物馆，十分赞赏这种保护方式。最早采用露天博物馆的应是丹麦北部的奥胡斯。我国现在对传统村落是一种整体的保护形式，但那些已经失去整体形态的村落中单体的民间遗存呢？如一座庙、一口古井、一个戏台、一座优美的民居，怎么办？集中到露天博物馆是最好的办法。但我国现在称得上村落化的露天博物馆只有山西灵石县的王家大院。我与不少地方不少人谈过、建议过，一直没人呼应。

但是苏兹达利这个"木建筑和农民日常生活博物馆"早在1961年的苏联时期就开始建立了。如果那时没建，今天这些木屋早已消失不存，想建也无法建了。

2014.9

俄罗斯也有古村落问题

老友阿列克见面就说:"我和你做同样的事。"

我在圣彼得堡时,阿列克就不断给阎国栋打电话,想拉我去北方走走,需要三天,我没时间。这次见到他才知道他从俄罗斯作家协会退休后,一直忙着抢救他们的古村落,前些天跑到莫斯科以北七百公里的沃洛哥达州的托其玛镇,去看那里的一些古村落,他也很想让我去看看。

那些远在天边的古村落,用梁晓声的话说是"一片神奇的土地"。这些村落的历史多么久远谁也说不清,比方村外山林中矗起的一座城墙似的高墙足有八十米高,为什么建这么高的墙?谁建这么高的墙?没人知道。那里还完好保存着一位名叫伊凡·库兹科夫(1756—1823)的墓碑,据说这是一位早期和白令海峡的发现与阿拉斯加的拓荒密切相关的人。

那里虽然很早就有人烟,但依然充满大自然的山野气。阿列克用他存储在电脑里的大量照片,给我展现他这次遥远又艰苦的考察中的所见所闻。有时还要用他那高嗓门大声解说,反正我听不懂俄语,只能拍拍他硬邦邦的肩膀表示明白就是了。

他还是不停地为他的奇异的见闻兴奋地连喊带叫,恨不得叫我脑袋扎进他的电脑里——

比如这里的蘑菇多得出奇,有美丽、有毒、又大又圆带白点的红蘑菇,有罕见而昂贵的雪白的白蘑菇。

比如林间的熊粪。黑熊常常在这里的林间出没。

比如他过溪流时走的独木桥,据说他险些从这桥上跌入冰冷的溪流中。

比如有一种树十分珍贵,在彼得大帝时就已禁止砍伐了,因为这种树没有树节,最适于造船。

再比如,俄罗斯著名的诗人鲁伯措夫就生在这里,村口还有他的雕像……

可是,阿列克的声音忽而又变得低沉——

因为，村子里的人已经陆续离去。一些房子空无一人，窗子只剩下黑洞，有的房体已然歪斜倒塌，就像前些天我在图拉看到的一样。蓬勃的市场经济和现代化使城市成为巨大的磁场，把人们从大地各处的村落里往城市吸引。古村落的空巢化如潮流席卷全球，俄罗斯更不能例外。阿列克叫我看一张照片。在一座古村中，一位蓄着大胡子的电视摄像师正扛着机器，隔着篱笆与一位老人对话。这位摄像师是阿列克考察一行人中的一位，名叫苏哈洛夫，他们正在记录古村落的现状。这个村子现在只剩下父子两人，儿子也年过五十了，阿列克已决定把这集电视片叫作"最后的老人"。

叫阿列克感到安慰的，这位苏哈洛夫是作家和电视人，他看到了古村落的历史价值和未来价值，同时从情感上也不愿叫这些承载着无数代人的历史生命一下子消亡。他在这一带收集乡土遗存、民族物品、弃而不用的各类农具，建立博物馆。他本人多才多艺，能弹能唱，便组织当地人传唱古老的民歌。他们没有把这些旅游化，没有在这些老东西上抹上厚厚的铜臭，只是源自一种文化情怀。作家是与大地纠结最深的人。大地在变，他们最敏感，也感触最深，但他们能将这些村落维持多久？

于是，我暗暗庆幸我们有了举国的古村落保护的计划，可是关键是看我们怎么做和做什么了。我们可不能错失良机。

2014.9

苏哈洛夫

苏哈洛夫今天一早乘火车来到莫斯科，他要来参加一个关于保护俄罗斯北方古村落文化的会议。会议下午召开，他上午便来看我，见面送我一大瓶煮过的珍贵的白蘑菇，以表示对同道者的盛情。

我回家吃了，真是极美妙的口感、奇异的清香，这是后话了。

苏哈洛夫是一个典型的俄罗斯北方的汉子，矮矮敦实的身材，肩宽臂粗，大腹便便，红红的脸像刚晒了一天，下巴上满是胡子，眼神专注而不灵活，目光好似冰块发出的凝滞的光亮，上身穿一件领口和胸前绣着红色花纹的布衣衫。他开口就表示对北方村落现状的忧虑。这种深切的乡土情怀跟我一拍即合。

他说:

"许多老村子已经没人烟了,照你们的话说就是'空巢'。人都跑到城市里生活,找活干。村子里没人住,牲口卖了或者杀掉吃了,使了多少辈子的家具和农具没用了,想卖也没人要,扔在屋里。许多很好的传统歌舞音乐忽然就消

◇苏哈洛夫自我宣传的彩色名片

失了。有人说,北方太冷,不适合种植和发展经济,可是人们在这里生活不是几百年,而是上千年了,历史文化的传统十分深厚,民间艺术很优美,民俗无处不在,怎么就这样说不要就不要了呢?

"共产党那时候还好,用集体农庄的办法,国家有计划,怎么种地怎么卖粮食都有办法。这个村子适合耕种就耕种,那个村子适合放牧养殖就放牧养殖,再办一点工厂。现在没人管了。地这么大,人这么少,路这么远,怎么干?村里的人只好走了。"

我知道，俄罗斯的村落与我们也有很不一样的地方。我们的村落耕地是一块一块的，每人"一亩三分地"，自耕自种自收，所以我们的农村适合采用"包产到户"；俄罗斯地广人稀，沙皇时期甚至更早就采用集体合作的方式，他们民族性格中的集体主义就与这种集体耕作的传统息息相关，所以他们的耕作方式倒是挺适合集体农庄。现在，随着政治解体带来的集体农庄的解体，集体农庄完了，就一切全散了，他们村落的问题比我们还大还难。

我介绍了我们国家现在对传统村落的保护措施，以及系统的思考，似乎引起他更强的悲哀。他说："我们的村落国家不管。我们不能指望政府的支持。实际上政府从来不支持，我们对政府也没有期待，只能靠民间社团的大力宣传。现在，我们正在组织一个乡村俱乐部，推广传统节日，发掘民间歌舞，宣传美好的民俗……"

我说："保护传统村落的工作我做了十多年，单靠民间做很难，能做的也很有限。村落保护离不开政府行为和国家行为。"

他说："相信随着人们意识的提高，会关注到乡村生活与传统。我相信下一代人会更向往乡村。"

◇苏哈洛夫收集的民间故事集

他的看法也是对的。然而，历史遗产就是在人们还没有关注到它的时候消失的。历史遗产需要一些对它有先觉的人发出强烈的声音，并致力去做，直到引起政府和国家的重视，转化为国家行为。因此，我对他说，我会请他到中国来，看看我们的行动与做法。

他很高兴，与我激动地拥抱。他去了，下午要去宣讲他的思想。祝他好运——这个和我们干同样事的好同志！

2014.9

细雨品京都

牛毛细雨绵绵密密洒落京都。这向例宁静的千年古都，多了雨声，只有雨声。偶有风来，吹飞雨点，在光亮的地方晶晶闪烁地飘舞。伞儿必须迎风撑着遮雨。日本人身小，伞儿也小，雨点儿很快打湿我的衣服，凉滋滋贴在皮肤上，给游览古迹带来诸多不便。糟糕……可是，一仰头，重峦叠翠，烟雾空蒙，清水寺的山门宝塔就立在这之间。日本的塔尖，修长似剑，在细雨霏霏中更显峭拔之势。此时，隔过山谷，飘起一缕轻岚，在空谷中白纱一般地游动，使人想起喜多郎的声音。这缕轻岚，正好从山那边耸立的一座橘色琉璃佛塔前飞过，佛塔一点点模糊又一点点清晰起来，烟岚飞去，塔身竟像被拭过一样洁净光亮……其实这是雨水的反光。在金阁寺里我发现，那雨中镀金的金阁反比阳光下的金阁更加夺目,景象真是奇异。还有花草松竹,被雨水一洗,更艳更鲜更亮更香,而花味草味松味竹味,似乎也更加清新醉人。是来自苍天的雨激发出大地万物的生命气息吗?

金阁寺一株六百年的古松,被园林艺人修葺成船的形状,名为"松之舟"。当年列岛上一无所有,最早的一切都是渡海从朝鲜和中国学来的,船就成了日本人的崇拜物。如今它所有松针都挂满雨珠,珠光宝气,倒像一只珍珠船……我想到去年来

◇京都一景

此,秋叶正红,一些精美娇艳的红叶落在这松船上,我还对同行的一位日本朋友说,应该叫"枫之舟"。如果冬日里它落满厚厚的一船白雪呢?日本大画家的名字"雪舟"二字忽然冒了出来……

最美的景色,便在任何时候都是美的,无论仲春或残秋。好似一个女人,无论青春年少还是银丝满头,她都美。真正的美是一种气质。那么——

京都的气质呢?

这座至今整整有一千两百年历史的昔日都城,从皇室故宫、豪门巨宅到庙宇寺观,举目皆是;国宝文物,低头可见。如果导游向你介绍这些古迹古物的由来与传说——他手指的地方,几乎每移动一尺,就能讲出一个长长的故事。但死去的时光并不能吸引我。使我着迷的,分明有一种东西,一种活着的、长命的、深切的东西,渐渐感到了,它是什么呢?

走出大云山龙安寺,穿过夹在竹栏间的砂石小径,低头钻过低垂下来的湿淋淋的繁枝密叶。陪同我们的朝日新闻社的村漱聪先生和町田智子女士,引我们走入一处庭院。临池倚树是一间精雅的房舍。我们坐在清洁的榻榻米上,吃这家小店特有

◇在京都岚山周恩来诗碑前

的煮豆腐,享受着传统生活的滋味。窗扇半开半闭,可见院中怪石修竹、野草闲花,以及它们在池中的倒影。一只巴掌大的花蝶,一直在窗外的花丛上嬉舞,时飞时憩,亦不飞去。好像经过训练,点染风光,以使游人体味到千百年前京都贵族高雅悠闲的生活意趣。日本人对自己的历史尊崇备至,砂锅煮豆腐如今改用电炉丝加热,电门却放在暗处,好让游人的全部身心全都沉湎于历史中。这样我就找到京都的魅力了吗?

近黄昏时,町田智子问我:"你们想到什么地方用餐?"

"当然是日本馆。中国餐可以回国后天天吃。希望是地道的京都小馆。"

撑着伞走进一条湿漉漉的老街。掀开日本式的半截的土布门帘，进了一家小馆。这种日本民间小馆，一切风习依旧，愈小愈土，愈土愈雅。从文化的眼光看，愈土才愈富有文化的原生态和文化的意味。

进门照例是脱鞋，穿过纸糊的方格隔扇，一屈腿坐在清凉光滑的竹席上。跟着是穿和服的妇女端上陶瓷和大漆的餐具，放在矮腿的小台桌上。但这一切不是旅游性质的仿古表演，不是假模假样的旧习俗的演示，而是千百年来传衍至今的不变的过去。

中国菜讲究"色、香、味"，日本菜讲究"色、形、味"。变了一个"形"字，日本饮食文化的特征就出来了。墨色的漆盘放一片菱形的鲈鱼片，嫩白的鱼肉上斜摆两根纤细的紫菜，上边再点缀一朵金黄色的小小的菊花。日本人真是不折不扣传承自己先人留下的美。那床棚处，依照传统方式，下角摆一个"清水烧"的陶瓶，瓶中插一朵饱满的唐棣花，再撇出几根风船葛，中间竖着一根轻柔的白荻。也人工，也自然。日本的插花是把精巧的人工和充满生机的大自然融为一体。床棚正面的板壁上，垂挂一幅书法，只一个"花"字，淡墨湿笔，字形松散，笔迹模糊，带着花的温情与清雅，也引起人对花的联想。中国艺术的"空白"以及佛教的顿悟——都叫日本人"拿来"了。

妻子同昭忽有所感，对我说："雨天里，在这种地方倒蛮有味道。"

町田智子好像被这话启发出什么来，眸子一亮，点点头。

我不禁扭头望望窗外。小小院落，木墙石地，都因雨水而颜色深重。一束青竹，高低参错，疏密有致，细雨淋上，沙沙作响。仔细听——雨打在竹叶上的声音轻，在叶子上积水而滴落的声音重。前者连绵不断，后者似有节奏，好像乐器在协奏。大自然是超时间的，它这声音把历史拉回到眼前，并把墙上书法的境界、瓶中插花的幽雅、桌上和式饭食独有的滋味，还有这说不出年龄的老店的历史感，融为一体，令我莫名地感动起来。我知道，是这列岛上积淀了千年文化的精灵感染了我……带着这感受饭后在老街上走一走，那沿街小楼黝黑而耗尽油水的墙板，那磨得又圆又光的井沿，那千百年被踏得发光的石板路面，以及一盏一盏亮起来、写着黑字的红灯笼……仿佛全都活了，焕发出古老的韵味，以及遥远又醇厚的诗意。这意味和气息是从历史中升华出来的。只要你感受到它，过后你可能忘却这些旧街老巷名胜古迹的具体细节与来龙去脉,但会牢牢记住这种气息与滋味。

因为,文化不只是知识,它是人创造的精灵。

1994.10

奈良的味道

　　如果到奈良东大寺拜观日本最大的佛，先要和鹿儿打交道。离寺门远远的，就见到三三两两的鹿儿站在道上，与游人相戏。还有些大大小小的鹿儿趴在道边歇憩，倘若从小贩那里买一些饼干似的又薄又脆喂鹿的面饼，就会招得鹿儿上来索食。性急的鹿儿常常用又圆又硬的鼻尖，顶你的肚子或腰眼，向你讨要。那可不怪它们，是你去招的它们！待面饼散尽了，手上遗留食物的香味难免还会引得鹿儿一路尾随，直至山门。大概是山门左右两尊八米高威严下视的金刚大力士把它们吓住了，才放你脱身。如果你回头瞅一瞅，鹿儿停在高高的台阶下，眼巴巴望着你，往往还会有一只跟着吃残渣的鸟落在这鹿儿的背上。

　　奈良的鹿儿给人的感觉很好。它叫你忘掉城市，想到大自然，幻觉出遥远的历史图像，触摸到早已消失的时光。奈良太老了。对于日本人的历史，它是京都的父亲。它先是七代天皇的驻地，此后皇城才迁抵京都。这座建于公元八世纪的平城京，完全按照中国长安的模样，红门白墙，青瓦绿树，几乎把长安搬到这里来了。然而时间乒乒乓乓过了一千多年，长安经过难以数计的战乱与革命的洗礼，如今面目全非；奈良躲过二战的轰炸而依然风韵犹存。

这是一块地面上的活化石，一个不死的历史。

我喜欢奈良，并非它像中国的过去，也不是由于它那尊的

◇樱花与鹿

确博大恢宏、光芒四射的大佛，而是因为它整座城市都有一种浩然之气、一种旷古的时代感、一种略带荒凉的野味、一种被人遗忘了的气息。

◇奈良东大寺

这可能与奈良的历史有关。当年作为皇都的平城京，是一座"没有市民的城市"。只有皇室贵族和官员僧侣，以及他们使用的奴婢仆从、工匠耕农。没有一个自由市民，也没有民居与市井。如今遗存的古迹之间，一如当年都是荒草野林、奔鹿飞鸟。日本人很会保护自己的过去。不占有这些空间，不让"现代"肆狂无忌，而让历史在原来的位置上尊贵地活着。

在奈良看不见一座玻璃幕墙的高楼大厦。

◇天然的饮水池

古建筑的一切木质构件上的色彩大都脱落,任其斑驳,绝不刷新。没有旅游的味道,没有讨厌的金钱欲望在作祟,连刻意保护的痕迹都隐藏起来。来到奈良才像走进日本的历史。奈良是个时间隧道,在这里,人们凭着各自的历史知识与素养,在想象中复活昔时的图景,再将自己置身其间,历史便变得无比崇高。

朋友们问我在奈良的感觉。

我说:"在古迹中最好的感觉是,忽然自己不是局外人了。"

如果再过一千年,奈良依然是这个样子,那它将是地球上最美的城市。

1994.10

图书在版编目(CIP)数据

域外古城 / 冯骥才著. —杭州:浙江文艺出版社,2022.7
ISBN 978-7-5339-6847-2

Ⅰ.①域… Ⅱ.①冯… Ⅲ.①游记-作品集-中国-当代 Ⅳ.①I267.4

中国版本图书馆CIP数据核字(2022)第080032号

责任编辑	关俊红
责任校对	许红梅
责任印制	张丽敏
装帧设计	水玉银文化
营销编辑	宋佳音
数字编辑	姜梦冉 诸婧琦

域外古城

冯骥才 著

出版发行	浙江文艺出版社
地　址	杭州市体育场路347号
邮　编	310006
电　话	0571-85176953(总编办)
	0571-85152727(市场部)
制　版	浙江新华图文制作有限公司
印　刷	浙江新华数码印务有限公司
开　本	880毫米×1230毫米　1/32
字　数	135千字
印　张	8.25
插　页	2
版　次	2022年7月第1版
印　次	2022年7月第1次印刷
书　号	ISBN 978-7-5339-6847-2
定　价	78.00元

版权所有　侵权必究